U0623041

诗歌皇后萧观音

新格律体长篇叙事诗

徐志达——著

九州出版社
JIUZHOUPRESS

图书在版编目（CIP）数据

诗歌皇后萧观音 / 徐志达著 . — 北京 : 九州出版社 , 2020.9
ISBN 978-7-5108-9562-3

Ⅰ . ①诗… Ⅱ . ①徐… Ⅲ . ①叙事诗—中国—当代 Ⅳ . ① I227.3

中国版本图书馆 CIP 数据核字 (2020) 第 178667 号

诗歌皇后萧观音

作　　者	徐志达 著
出版发行	九州出版社
地　　址	北京市西城区阜外大街甲 35 号（100037）
发行电话	（010）68992190/3/5/6
网　　址	www.jiuzhoupress.com
电子邮箱	jiuzhou@jiuzhoupress.com
印　　刷	河北盛世彩捷印刷有限公司
开　　本	710 毫米 ×1000 毫米　　16 开
印　　张	19.5
字　　数	202 千字
版　　次	2020 年 11 月第 1 版
印　　次	2020 年 11 月第 1 次印刷
书　　号	ISBN 978-7-5108-9562-3
定　　价	59.00 元

★ 版权所有　侵权必究 ★

这是一部以消失的中国古代民族—契丹族为题材的厚重的长篇叙事诗。这部史诗性的作品，具有大器、凝重、事证、灵动的特点。作者把抒情性和叙事性结合起来，形成“史—诗—思”的史诗结构。读者不仅可以从中一睹辽代“诗歌皇后”萧观音的胸襟与才情，还可领略辽代这个神秘“草原帝国”的历史风云。

——杨匡汉（著名文学评论家，中国社科院文学研究所研究员，博士生导师）

萧观音　　刘凤山/绘

序 言

徐志达先生生于内蒙古自治区的林西县城。他和我都是1957年考入北京大学的，他在中文系，我在历史系。当时我们并不相识，近年由于对宣懿皇后萧观音冤案的讨论才逐渐熟识。

辽代庆陵在民国时期归林西县管辖。徐先生出于对桑梓的人文情怀，对庆陵中西陵（即永福陵）埋葬的宣懿皇后萧观音的冤案情有独钟，怀着悲愤和同情，经过多年的研究和酝酿，创作了长诗《诗歌皇后萧观音》。我读了之后十分欣喜，也很受感动。徐先生让我给写篇序，实在不知从何处动笔，我想就从历史角度说一下宣懿皇后冤案的梗概吧。

辽代是契丹族建立的王朝。契丹王朝的统治阶级只有两个姓氏，即皇族耶律氏和后族萧氏。即使是其他民族其他姓氏的人进入统治阶级后，也必须被编入耶律或萧的两个姓氏之中。例如，辽太祖耶律阿保机的淳钦皇后本是回鹘族人述律氏，其兄萧敌鲁就改姓萧了。辽代所有的皇后都姓萧。辽代有三个厉害的萧太后：太祖的皇后述律平、景宗的皇后萧燕燕、圣宗的元妃萧耨斤。萧耨斤生有两子，长子为兴宗耶律宗真（1016—1055），次子为耶律宗元（《辽史》误作“重元”）。萧耨斤当了皇太后摄国政之后，不喜欢辽兴宗耶律宗真，想把辽兴宗废掉而另立耶律宗元为帝。耶律宗元把这个消息透露给了他哥哥辽

兴宗。辽兴宗于是断然采取措施从萧耨斤手中夺回了军国大权并封耶律宗元为皇太弟。按照辽代的传统，皇太弟、皇太叔、天下兵马大元帅与皇太子都具有皇位继承权。

宣懿皇后冤案的主要人物为辽道宗耶律洪基、萧观音和耶律乙辛。

辽兴宗长子耶律洪基(1032—1101),字涅邻,小字查剌。《辽史》说他性格沉静、严毅。他上朝时，他父亲辽兴宗“为之敛容”。司马光说他“耸肩尖颐。性懦弱，好释氏”。现代史学家姚从吾教授说他“大概是一个中材，外表虽然像煞有介事，实际却是固执而任性，冲动而易怒”。重熙二十四年（1055 年），耶律洪基以天下兵马大元帅的身份奉遗诏即皇帝位于柩前，是为辽道宗。

萧观音（1040—1075）是萧耨斤之弟萧孝惠的小女儿。萧耨斤是辽道宗的祖母，萧孝惠是辽道宗的舅爷爷，萧观音是辽道宗的表姑。萧观音姿容冠绝，工诗，善谈论，旁及经史子集，能自制歌词，尤善弹筝和琵琶。耶律洪基因爱慕萧观音的贤淑而将其聘纳为妃。娶表姑为妻的这种娶亲不论辈分和近亲结婚的婚俗，是当时契丹族中普遍流行的一大特点。

萧观音才貌双全，温婉柔顺，善于迎合耶律洪基的心意，两人恩爱无比。耶律洪基做皇帝之后，封萧观音为懿德皇后。清宁四年，19 岁的萧观音生了皇子耶律濬，更深得耶律洪基喜爱，得专房宠。

由于叔父耶律宗元没有作梗，耶律洪基顺利地继承了皇位，即位三天之后就封耶律宗元为皇太叔，免汉礼，第二年又封为天下兵马大元帅，尊宠无以复加。但耶律宗元发动叛乱，欲夺皇位，很快被耶律仁先和耶律乙辛等人镇压下去了。耶律宗元败逃到大漠后自缢而死。耶律乙辛因平叛有功，获得道宗信任。耶律乙辛，字胡覩衮，汉名英弼，五院部人，出身寒微。他幼年时聪慧而狡黠，长大之后，风度仪表很美，外貌温和而内心狡诈。

辽道宗并没有从宗元之乱中吸取细辨忠奸的沉痛教训，反而使他产生了凡是参加平叛的人永远是忠臣，越是最亲近的亲属越不可靠的僵硬的思维模式。因此他对于参加平叛的耶律乙辛特别信任，拜耶律乙辛为南院枢密使，封魏王，赐匡时翊圣竭忠平乱功臣之号。咸雍五年（1069 年），道宗加封耶律乙辛为太师，又把兵权交给了耶律乙辛，允许耶律乙辛随便调动军队。耶律乙辛的权势震动朝野内外，登门贿赂者络绎不绝，凡是阿谀奉承的人均蒙推荐提拔，凡是忠厚正直的人均被排斥贬往外地。窃权肆恶，不可名状。只有萧观音娘家的人不肯买耶律乙辛的账，耶律乙辛经常为此怏怏不乐。及至皇太子耶律濬参政之后，矛盾更加激烈。

辽道宗和萧观音的独生子耶律濬（1058—1077），8 岁时被立为皇太子，18 岁兼领北、南枢密院事，开始参与朝政，法度修明，耶律乙辛的一些胡作非为开始受到遏制，于是耶律乙辛怀恨在心，把太子看成眼中钉、肉中刺，欲置之死地而后快。耶律乙辛决定先从陷害太子的生母萧观音入手。诬蔑一个女人与某人通奸，以达到拆散他人家庭之目的，是古今中外善搞阴谋者惯用的伎俩。

萧观音也有着一般女人爱向丈夫唠叨的通病。她经常羡慕唐太宗的贤妃徐惠善于进谏的本事。每当道宗晚上到她房间来的时候，她总喜欢进谏得失。辽朝君臣均崇尚打猎，是其国俗，因而有四时捺钵之设。辽道宗往往穿着契丹服装率先驰驱。他所乘的马叫“飞电”，跑得特别快。道宗经常孤身一人策马进入深林邃谷，扈从们追不上他，无法保护他。萧观音听说此事之后为道宗的安全担忧，于是就上疏进谏。辽道宗是一个口是心非的人，他对皇后的进谏虽然口头上“嘉纳”了，但内心却厌恶皇后唠叨，从而疏远了皇后。到了咸雍末年，他已很少再去皇后的房间，渐渐地，他们的感情出现裂痕。

萧观音被道宗疏远之后，心中很悲伤，依仗会作诗的才华作了十首《回心院》，寓意希望再得到道宗的宠幸，还把它谱上曲子，可以用管弦演奏。当时辽代宫廷乐队教坊诸伶人中一般都不会演奏此曲，只有伶官赵惟一能够演奏。由于契丹宫禁宽弛，男女界限不严，萧观音遂把赵惟一召来演奏此曲。当时有个宫婢叫单登，她本是耶律宗元家的奴婢，宗元死后，单登被没入宫中充作杂役。单登也擅弹筝和琵琶，她经常与赵惟一竞争，并且埋怨皇后不理解她。皇后于是把单登召来与她对弹四旦、二十八调。单登弹的皆不及皇后弹的好。单登表面上羞愧地拜服，但内心对于赵惟一演奏《回心院》而得到皇后的欢心一事则极为忌恨。辽道宗有时也把单登召来弹筝。萧观音对此颇有醋意，向道宗进谏说：“此人乃是叛臣之家的婢女，女人中难道就没有像豫让（战国时的刺客）那样的人？怎么能够让她轻易地贴近皇上的身边？”萧观音没有得到辽道宗的同意就把单登调往宫外别院当差了。单登对于皇后的这一举措深为怨恨。

单登的妹妹叫清子，是教坊的小头目朱顶鹤之妻。耶律乙辛经常前往清子处鬼混，与清子的关系也越来越亲热。单登经常在妹妹清子面前信口雌黄地胡说皇后与赵惟一通奸，以发泄她对皇后的怨恨和对赵惟一的忌妒。清子又把单登的话一股脑儿地传给耶律乙辛。耶律乙辛如获至宝，他决心利用单登的胡言乱语把皇后置于死地。耶律乙辛也深知仅凭清子传给他的单登的几句子虚乌有的话不足以致皇后死，必须想一个万无一失的计策把诬陷皇后与赵惟一通奸的假案钉死，而关键是弄到看似真的假证据。耶律乙辛于是命人代笔写了十首非常粗俗淫秽的《十香词》，并悄悄地交给清子，嘱咐清子转交单登，指使单登设法进宫请皇后手抄一份。当时单登虽然已在宫外别院当差，但仍然能进入宫内，故能经常见到皇后。单登伺机见到皇后之后，拿着《十香词》对皇后说："这是宋国忒里蹇（契丹语"皇后"的音译）所作，堪称一绝。皇后的书法好，如果能得到皇后御书的这词，便可称为二绝。"皇后善书法，好给人写字，经不住单登"二绝"的吹捧，把《十香词》接过来草草地读了一下，就提笔手书在一张纸上。觉得意犹未尽，还亲自作了一首七言绝句《怀古诗》写在末尾："宫中只数赵家妆，败雨残云误汉王。惟有知情一片月，曾窥飞燕入昭阳。"遂把这张纸交给了单登。单登拿到这张纸后把它交给了清子，清子又交给了耶律乙辛，耶律乙辛就编造了一篇自首词强迫单登和朱顶鹤拿着去耶律乙辛任首长的北枢密院自首，诬蔑赵惟一与萧观音

通奸，有《十香词》为证。“自首”的把戏演完之后，耶律乙辛就向辽道宗上了一封密奏。

辽道宗看了耶律乙辛的密奏之后大怒，他不假思索地立即把皇后召来对质。皇后痛哭着辩白说：“妾托国家之福，已经达到了妇女的极位，况且生育了皇储，最近又添了孙子，儿女满堂，怎么会忍心去做淫奔失行的人呢？”皇帝拿着《十香词》说：“这难道不是你作的淫词？亲手写的白纸黑字的证据在此，你还有什么话说？”皇后说：“这是宋国的忒里蹇所作。我是从单登那里得到的，她让我赐给她一份录写此词的书法，我仅仅抄录了一遍而已。况且我们辽国没有亲蚕之事，如果是我所作，怎么会有‘亲桑’的语句？”皇帝说：“作诗正不妨以无为有，有无相间。例如词中的‘合缝靴’难道也不是你所穿而是宋国的服饰？”皇帝越说越气愤，于是拿过铁骨朵（辽代刑具）打皇后，几乎把皇后当场打死。之后皇帝把这个案子交给参知政事张孝杰和耶律乙辛去“穷治”。耶律乙辛把赵惟一、高长命等人抓来用酷刑逼他们违心招供。有本人的口供，有关证人的证词又互相吻合，互为旁证，于是耶律乙辛按照事先写好的证词写成结案奏章。

但是辽道宗对结案奏章并没有立即深信不疑，他还有些犹豫。他指着《十香词》后面的《怀古诗》说：“这是皇后骂赵飞燕的，既然如此，怎么还有可能作那《十香词》呢？”老奸巨猾的小人张孝杰进谗言说：“这正是皇后怀念赵惟一的铁证。”辽道宗问：“何以见得？”张孝杰鼓舌如簧地说：“‘宫中只数赵家妆’‘惟有知情一片月’这两句中已经包含了‘赵’‘惟’‘一’

三个字。”这种无限上纲的手法是任何大兴文字狱者所望尘莫及的，辽道宗却不察，彼意遂决。大康元年（1075 年）十一月辛酉（初三日），道宗下令族诛了赵惟一，斩了高长命，并籍没了他们的家属，还敕令皇后自尽。皇后作了一首《绝命词》之后，关上宫门，以白练上吊而死，时年 36 岁。皇上的愤怒犹未消，命令把裸着的皇后的尸体用苇席裹着退还给她的娘家。中国历史上极为罕见的大冤案就这样在昏君和奸臣的密切配合之下铸成了。

耶律乙辛深知辽道宗最怕皇位被篡的心理，就利用这个作为切入点，以打开缺口。于是他们指使同党诬告有人阴谋废掉辽道宗而立皇太子耶律濬为帝。辽道宗命令耶律乙辛等审理此案。他们把皇太子耶律濬囚禁在宫中加以杖击，刑讯逼供，把他辩白的话改成招供服罪的话奏给道宗。道宗览奏大怒，下诏书把皇太子贬为庶人，赶出宫去，押往上京，囚禁在圜堵中。耶律乙辛后派心腹杀害了耶律濬，向辽道宗上书谎称耶律濬因病而死。头脑简单而对儿子无情的辽道宗也就信以为真了。耶律乙辛怕事情败露，又立即派人杀了太子妃，以达到杀人灭口的目的。 接着是一场大屠杀。最大的受害者无疑是辽道宗耶律洪基。他被蒙在鼓里，被别人牵着鼻子走，最后落得个杀妻灭子的悲惨下场。事情发展到这一步，大辽帝国距离亡国也就不远了。

徐志达先生的长诗，不仅用诗的语言描述了宣懿皇后冤案的全过程，还衬托着历史。他把萧观音的一生放到辽代大的历史环境中去，细加分析和刻画，在叙述辽代朝政的基础上，还

反映宫廷生活的方方面面。诗的主人公萧观音，经过诗化加工，鲜活饱满，生动感人，有着古代北方游牧民族女性的鲜明特点；在她身上也深刻地反映出古代北方民族吸收中原文化，互相交流融合，共同创造中华文明的历史特征。萧观音的艺术形象，既是诗化的创造，也符合历史面貌，具有深远的现实意义和历史意义。这是这部作品最大的成功之处。诗中的其他人物如耶律洪基、耶律乙辛等，也都形象鲜明，富于寓义。读这部长诗，有读半部辽史的感觉，还会联想到很多现实问题，使人百读不厌，不忍释手。我对作品的成功表示衷心的祝贺。谨以此拉杂数语为序。

刘凤翥

2019 年 6 月 23 日于北京农光里

作者简介

刘凤翥，中国社会科学院民族研究所研究员兼研究生院教授，主要从事辽史和契丹文字研究，被社科院科研局聘为绝学“契丹文字”的学科带头人。近年兼任北京大学中国古代史研究中心的客座研究员、内蒙古自治区文物鉴定委员会学术顾问、中国辽金及契丹女真史研究会名誉会长等。

目 录

CONTENTS

序 诗

南方远路飞来的天鹅，
为何中途落下不起飞？
草地撒欢奔跑的花鹿，
为何住步这里放哀悲？
潢河[(1)]飘起的朵朵浪花，
雪白雪白是要献给谁？
木叶山[(2)]松涛像在哭泣，
是为谁这样魂断神碎？

日月轮换有几十万次，
时光倒回到辽代宫廷，
一件诬告谋杀的惨案，
惊天动地却千载尘封，
拨开岁月厚厚的迷雾，
看见主人公清晰面容，
皇后是她尊贵的身份，
观音是她圣洁的芳名。

花草树木都还记得她，

弹筝制曲美妙的琴音；
高山草原仍旧怀念她，
端庄美丽和善良的心；
飞禽走兽依然赞美她，
诗书皆绝佳远近闻名；
湖泊泡淖还在呼唤她——
一个受害屈死的冤魂。

她曾放歌过往的岁月，
离我们今天旷远迢遥，
可在北国苍莽的天地，
仿佛能听到她的心跳，
跳动的那是她的诗魂——
令人痛惜的纯正美好，
广袤的大地为她哀叹，
世间的万物为她呼号。

她曾与邪恶决绝抗争，
最终淹没于诗海词涛，
天公为她唱安魂之曲，
地母为她奏护身之乐，
大辽国虽已烟消云散，
但还有骄阳把她朗照，
她和她的远去的国度，

在历史长河波浪滔滔……(3)

人人都是时间的过客，
可每个过客又不一样：
有的人活着沽名钓誉，
没等死却被骂声灼伤；
有的人活着已经死了，
世间不缺灾星和祸殃；
有的人死了却还活着，
美好的一切岁月难忘。

时间可又是一面明镜，
它面前谁都难掩真相，
辽朝这冤案血肉横飞，
作恶者俱是魑魅魍魉，
萧观音受害含冤而逝，
隔千载依然活在世上，
她的诗就是她的灵魂，
具有永生不灭的力量。

人性沦丧导致了罪恶，
追逐权力是罪恶根源，
把大小权力攫为私有，
必然透顶腐败和贪婪，

极度揽权而腐化变质，
贪官奸佞的共同特点，
历史无情地鞭打罪恶，
为善良美好树碑立传。

有位诗论家著书呼唤，
深情呼唤新史诗出现：
无论是对先辈的崇敬，
无论是对故土的眷恋，
也无论是对历史反思，
还是对现实重大事件，
结合美学和社会剖析，
塑造大写的人的诗篇。

历史观点崇高美要求，
艺术神奇常尺幅千里，
一个人反映一个时代，
艺术结构也别框太死，
以是否表现历史结果，
是否艺术反映为宗旨，
正在奋力地攀登高峰，
人间的正气就是史诗。(4)

悠悠岁月里埃尘重重，

掩盖多少牺牲和阴谋？
时间慧眼能分辨一切，
颠倒的黑白重新颠倒。
辽朝萧观音这个冤案，
拨开层层迷雾的笼罩，
历史自会公正地裁判，
如今正在向后世昭告。

现在同来走近萧观音，
感知一颗伟大的诗心。
那草原上的苍苍天宇，
太阳照亮游动的畜群；
那大地上的茫茫夜空，
太阴辉耀着无数星辰。
地久天长使岁月无尽，
千秋万代思念萧观音——

生来灵秀兮美如观音，
王妃皇后兮正是妙龄；
多才多艺兮女中才子，
诤言直谏兮遭受凄冷；
奸佞陷害兮蒙冤屈死，
深思高举兮洁白精忠；
绝命长歌兮撕魂裂魄，

庆陵孤月兮千古悲风。

草原上马兰年年盛开，
伴辽地草木万古繁衍；
高山顶冬青四季苍翠，
守辽天岁月绵绵不断；
江河的银浪奔腾无息，
唱诗之女神永驻人间；
夜空的星宿灿烂映照，
放历史光芒辉耀今天。

注：

（1）潢河，亦称潢水，即今西辽河上游之西拉沐沦河。

（2）木叶山，辽代最隆重祭祀的神山，即今翁牛特旗东北部、老哈河与西拉沐沦河之间的海金山。

（3）萧观音事迹见辽王鼎《焚椒录》（1953 年中国科学院版《辽文汇》卷七）。

（4）见杨匡汉《古典的回响》（中国社会科学院出版社 2015 年 10 月出版）84—86 页。

第　一　章

有女如观音

中华文明几千年绵延，
累代炎黄子孙的功勋，
契丹族在北中国崛起，
辽朝大帝国震古烁今，
后系萧氏家有个女儿，
容貌如菩萨得名观音，
她是草原上一颗明珠，
人美多才艺光彩照人。

大野宝塔入青云，多才女美如观音。　　刘凤山/绘

一

长歌慢调颂赞萧观音，
她处契丹人所建辽朝，
辽代衰亡后契丹破散，
后世对他们知道很少。
这陌生国度来自何方？
当年又是怎样的状貌？
回看吞烟吐雾的岁月，
且把辽王朝慢慢寻找。

上世三皇和尧舜禹汤，
还有周朝文王与武王，
中原各个王朝的明君，
文治武功的盖世将相，
正统历史观赞扬他们，
给了他们荣耀和褒奖，
对那少数民族英雄们，
史书里载有多少篇章？

耶律阿保机契丹开国，
完颜阿骨打反辽金兴，
成吉思汗为蒙元创基，
努尔哈赤立清的雏形，

他们是本民族的伟人，
也是中华民族的英雄，
这些人物的丰功伟业，
应当大加赞美和歌颂。

现如今的内蒙古赤峰，
古代有个民族在这里，
游牧渔猎逐水草而居，
建都城修造宫帐楼宇，
茫茫草原的一轮红日，
照亮莽莽的山川大地，
回顾这个民族的始末，
有段光辉灿烂的历史。

唐朝的末年中原纷乱，
契丹族长城以北兴起，
耶律阿保机贵族首领，
统一各部落建国立基，
王朝时称契丹时称辽，
几与五代北宋相终始，
经过扩张其开疆辟土，
境域达到了幅员万里——

北已近今天贝加尔湖，

东至于当时北海东海，
西能够包括阿尔泰山，
南以白沟与北宋分界，[1]
鞍马游牧不断地壮大，
骁勇骑射驰骋于塞外，
大辽王朝雄踞北中国，
历史之花怒放二百载。

阿保机的皇后述律平，
本是古老回鹘族[2]人氏，
回鹘族原来称作回纥，
在漠北是其兴盛时期，
他们把回纥改称回鹘，
取回旋轻捷如鹘之意，
曾建强大一时的汗国，
后来衰败而四散迁移。

契丹族人耶律阿保机，
娶回鹘族的女子为妻，
她们后系萧姓的家族，
回鹘人融入契丹族里，
讲说突厥语的回鹘人，
同契丹贵族共同统治，
先后征服周边的部落，

辽朝本为多民族统一。[3]

追溯契丹民族的来源，
他们认为先祖始炎帝，[4]
本是匈奴之东东胡族，
那鲜卑族的一个分支，
后来就用契丹的名号，
在今西辽河上游树帜，
有肥美草原养育恩赐，
成为北方民族的劲旅。

契丹人打从立国开基，
草原帝国的声名大起，
自称北朝称宋为南朝，
一个中国分南北两地，
辽朝人不自外于中原，
宋朝人视辽中原赤子，[5]
大家庭里本一个血统，
契丹王朝载入中国史。

兴宗之后以中国自称，[6]
多见诸文献墓志碑刻，
《有传国宝者为正统赋》，
他用此题决进士定夺。[7]

道宗听汉臣讲解《论语》，
他也有自居中国之说：
修文物彬彬不异中华，
北极星下面全是中国。(8)

契丹占中国半壁江山，
其雄霸北方气壮山河，
中原西去的丝绸之路，
被横跨的大帝国阻隔，
亚欧大陆中西部国家，
把契丹当作中国来说，
至今讲斯拉夫语的人，
仍然用契丹称呼中国。

马可·波罗用他的游记，
首次向西方介绍东方，
也是以契丹命名中国，
那是在蒙元帝国时光，
契丹是全中国的代称，
足见契丹民族的影响，
尽管消失已踪影皆无，
这段岁月曾灿烂辉煌。

寥廓辽天和广袤辽地，

契丹王朝早已经远去，
只剩诸多辽塔的风铃，
还在哀哀地长鸣不息，
它向散尽烟云的苍穹，
传布无尽苍凉和沉寂，
凝视日夜东逝的辽水，
述说契丹兴衰的秘密。

二

中华古今上下几千年，
众多的民族融合生息，
多少英豪和平民百姓，
演出的活剧惊天动地，
多有赞颂英雄的诗篇，
更有吟咏美好的传奇，
远去的契丹姗姗而来，
述说辽代的一桩轶事。

距今九百四十多年前，(9)
辽宫里发生一大惨案：
万民敬仰的观音皇后，
毡帐里挂上白绫归天。
这条白绫竟杀人夺命，

奸佞阴谋陷害的刀剑；
这条白绫让皇后屈死，
上写昏庸皇帝的罪愆。

这个皇帝是耶律洪基，
辽朝七代兴宗的长子，
自幼就出奇聪明颖慧，
骑射武艺都优秀无比，
父皇兴宗酷爱汉文化，
灌溉他洪基濡染研习，
小小六岁被封为梁王，
二十岁参与朝政理事。

耶律洪基英俊美男子，
中等的身材却很帅气，
肩膀高耸又下巴尖尖，
相貌让人感觉很神奇，
外表虽然像煞有介事，
实际好冲动任性固执，
上朝时父皇为之敛容，
因为性格沉静而严毅。(10)

撒欢的骏马四蹄奔忙，
一道喜讯在草原传扬：

当朝为洪基选的王妃，
美丽的佳人举世无双。
原来打从太祖时候起，
有一条规矩不能差样——
帝姓耶律和后姓萧氏，
只许两家间婚姻来往。

原本契丹族不分姓氏，
阿保机始兴地叫世里，
是以地名作皇族之姓，
音近用汉字写为耶律。
后系家族都以萧为姓，
是从皇后述律兄开始，
帝后两个家族间联姻，
利于维护贵族的统治。

洪基的王妃正出萧家，
父萧孝惠兴宗朝重臣，
任的职务北院枢密使，[11]
掌军政大权官显位尊，
论来洪基叫他舅爷爷，
他们是真正至近皇亲，
王妃本是洪基的表姑，
契丹族婚俗不计辈分。

王妃母亲圣宗三女儿，
叫耶律槊古名美德馨，
封她的领地称作懿州，
燕国公主是她的身份。
皇帝女儿下嫁外亲家，
封号封地为永沐皇恩，
公主又育皇家的王妃，
为增福大辽永固乾坤。

懿州作为公主的封地，
汉民居多且从事商农，
这里浓厚的中原文化，
契丹族家庭都很看重。
辽朝历代的后系贵族，
都有学习汉文化传统，
萧氏代代皆书香门第，
出不少大辽社会精英。

三

观音出生在这懿州城，
塔营子就是如今地名，（12）
传说她母亲临产那天，

月亮西坠又灿烂东升，
忽然天狗把月亮吃掉，
睡梦中受惊观音降生，
那一日正是五月初五，
梦兆她大贵不能善终。(13)

在她降世的那个时辰，
日放朝晖驾五彩祥云，
捧送她的是九天玄女，
迎接她的是诸路仙神；
有南海大士挥洒圣水，
使她的天赋高过常人，
给她的姿容酷似菩萨，
因而得雅名称作观音。

如今在观音出生之地，
似乎有祥瑞弥漫村镇，
在故城仍然能够听到——
远山近水的浩咏长吟；
如果在这里翘首张望，
会见座古塔高耸入云，
他像位老人沧桑满面，
正在向人们诉说古今。

塔是圣宗为女儿陪嫁，
设懿州建城同时修造，
故城早已经荒草萋萋，
古塔千年仍直上九霄，
人们仰望会肃然起敬，
四顾环看更意绪飞飘，
这里草木都含着笑意，
似乎为诗人观音骄傲。

古城遗址的这座古塔，
还记着观音小时模样；
山坡吹拂的温柔的风，
仍然飘动着她的衣裳；
大河流动的清清的水，
依然映照她秀美面庞；
柳林传递的众鸟的歌，
正在伴合她弹的乐章……

萧家给女儿良好教育，
她打小受汉文化陶熏，
刚牙牙学语即学唐诗，
还年幼便练唱曲弹琴，
五岁辨音调知抒哀乐，
七岁会咏物发为长吟，

初长成美丽无比颖慧，
各样才艺都出众超群——

诗词歌赋皆过目成诵，
经典篇章俱烂熟于心，
天资聪慧能精通音律，
弹筝制曲更美妙惊人，
尤其弹得一手好琵琶，
在北国别处哪能听闻，
她书法字如行云流水，
种下香消玉殒的祸根。

夜空里明星千千万万，
她是最最明亮的一颗；
草原上鲜花万万千千，
她是最最艳丽的一朵；
百灵鸟的歌声最动听，
观音的琴音韵荡山河；
梅花鹿的姿影最迷人，
观音的风采摄魂动魄。

她的面容玉兰般清秀，
她的双眉柳叶般弯曲，
她的眼目秋水样明澈，

她的脖颈羊脂样白皙，
她的玉足嫩嫩同霜雪，
她的长发缕缕像云絮，
她的手指纤纤如素玉，
她的衣裙飘飘似仙裾。

春天东风应律布阳和，
有如她和善温暖人心；
夏日原野盛开的鲜花，
果像她容貌美丽动人；
秋晨绿叶上颗颗露珠，
恰似她心地晶莹玉润；
冬季雪花飘落在松枝，
堪比她品性高洁清纯。

湛湛蓝天上飞着彩云，
宛如秀发下飘飘衣裙，
萧观音倩影闪过毡帐，
无不赞赏她婀娜喜人；
青青草地花鹿在奔跑，
向遥远天边寻觅知音，
萧观音原野放歌起舞，
对未来无限憧憬怀春。

打从皇室与萧家定亲，
观音闻听突来的喜讯，
如同春风吹皱了池水，
心底微微荡漾起漪沦，
伏看那草地开放花朵，
远望那山坡飘过白云，
期同俦并辔冰天跃马，
盼牙帐酬唱共为生民。

她像苍鹰要展开双翼，
实现遨游四方的夙愿，
亦如仙姬将飘飘飞举，
去九重探寻诗国梦幻；
但离开自己生身故土，
心中生发深沉的依恋，
默默地张望玲珑宝塔，
那是日后无尽的思念……

观音的美名天下尽知，
洪基未见面久已心仪，
似乎牛女被银汉隔开，
年年要等待七月初七，
奶茶再香他也懒得进，
乳酪再美他也不愿食，

白日里思念睡梦中想，
盼着一睹芳华的日子。

飞霞放彩美好的天日，
中京全城弥漫着喜气，
朝廷内外都齐声道贺，
王子迎来娶亲的佳期，
他穿戴好崭新的衣装，
细心挑选远行的马匹，
亲手打扮接亲的毡车，
反复查看备好的彩礼。

皇家聘王妃有个礼节，
归途要到木叶山告祭，
携王妃拜谒契丹先祖，
祈求佑护平安和顺利，
他亲自筹备朝山祭品，
认真过问安排的礼仪，
一切一切都准备停当，
往返长途有多少里地？

且不说梁王耶律洪基，
跃马扬鬃驱车去接亲，
古有威名赫赫的女子，

她们的婚嫁牵系人心——
昭君在塞外独留青塚，
文姬归汉为二子悲吟，
文成公主远嫁到吐蕃，
观音面临怎样的命运？

注：

（1）《辽史》卷37：辽疆域“东至于海，西至金山，暨于流沙，北至胪朐河，南至白沟，幅员万里”。

（2）回鹘，即回纥，维吾尔族的古称。

（3）见单颖文《辽史研究的现状和未来》（文汇学人2016年5月6日八版）。

（4）近年在云南省保山地区施甸县由旺镇木瓜村蒋文良的家中，发现一本《施甸长官司族谱》，其开篇记有四阕七言诗：“辽之先祖始炎帝，审吉契丹大辽皇；白马土河乘男到，青牛潢河驾女来。一世先祖木叶山，八部后代徙潢河；南征钦授位金马，北战皇封六朝臣。姓奉堂前名作姓，耶律始祖阿保机；金齿宣抚抚政史，石甸世袭长官司。祖功宗德流芳远，子孙后代世泽长；秋霜春露考恩德，源远流长报宗功。”其中“辽之先祖始炎帝”“金齿宣抚抚政史，石甸世袭长官司”等句，可见契丹族族源及辽亡后之变迁。

（5）见杨树森《辽史简编》121页（辽宁人民出版社1984

年版）。

（6）辽朝共历九帝：太祖耶律阿保机、太宗耶律德光、世宗耶律阮、穆宗耶律璟、景宗耶律贤、圣宗耶律隆绪、兴宗耶律宗真、道宗耶律洪基、天祚帝耶律延禧。

（7）辽圣宗《传国玺诗》云："一时制美玉，千载助兴王。中原既失鹿，此宝归北方。子孙宜慎守，世业当永昌。"兴宗出《有传国宝者为正统赋》题考取进士。

（8）宋洪皓《松漠纪闻》："大辽道宗朝，有汉人讲《论语》，至'北辰居其所而众星拱之'，道宗曰：'吾闻北极之下为中国，此岂其地也？'至'夷狄之有君'，疾读不敢讲。则又曰：'……吾修文物彬彬，不异中华，何嫌之有？'卒令讲之。"（《长白丛书》初集，吉林文史出版社 1986 年版）

（9）指公元 1075 年。

（10）刘凤翥《十香词与宣懿皇后冤案》："他的相貌为'耸肩尖颐'。（李裕民校注《司马光日记校注》，中国社会科学出版社 1994 年版，第 44 页）《辽史》说他性格沉静、严毅。他上朝时，父亲辽兴宗'为之敛容'。（《辽史》卷二十一道宗本纪一，中华书局校点本，1974 年版，第 251 页）现代史学家姚从吾教授说他'大概是一个中材，外表虽然像煞有介事，实际却是固执而任性，冲动而易怒'。（《姚从吾全集》（二），正中书局 1971 年版，第 259 页）"（原载李品清主编《阜新辽金史研究》第五辑，中国社会出版社 2002 年版）

（11）辽朝中央统治机构设立两套官制，即分北面官与南面官：北面治宫帐、部族、属国之政，南面治汉人州县租赋、

军马之事。

（12）萧观音生于1040年，出生地为今辽宁阜蒙县塔营子村。

（13）据辽王鼎《焚椒录》载，萧观音母“梦月坠怀，已复东升，光辉照烂，不可仰视。渐升中天，忽为天狗所贪，惊寤而后生，时重熙九年五月己未也”。其父曰：“此女必大贵而不得令终，且五日生女，古人所忌，命已定矣，将复奈何！”

第 二 章

从王妃到皇后

萧观音自幼习诗学词，
所作《拜日歌》令人惊喜，
十四岁就被聘为王妃，
陪同洪基木叶山祭祀，
十六岁册立懿德皇后，
拜见南朝宋仁宗来使，
一句话语感动欧阳修，
他预言新的诗星升起。

皇后拜揖欧阳修，北国升起一诗星。　　刘凤山/绘

一

湛蓝天空飘动着白云，
墨绿草地奔跑着马队，
八匹马护卫前后左右，
洪基去接自己的王妃，
从中京出发一路东行，
如画的江山铺锦叠翠，
银鞭在空中嘎嘎作响，
疾驰的骏马四蹄如飞。

坐骑上遥望远远天边，
见一座城影散彩呈瑞，
城中的巨塔直插蓝天，
崔嵬的塔身熠熠生辉，
王子早已经心花怒放，
鸾铃震响还加鞭频催，
仿佛有神女驾云九重，
行空的天马翻飞攀追。

扎花的彩车飘飞原野，
牧民目送祝福的深情；
披红的马匹驰过林莽，
百鸟唱起欢乐的歌声；

飞奔的车马由朝至暮，
一路播喜如万里春风；
接亲的人们披星戴月，
曙光里车马进到城中。

鼓乐喧天又笙歌贯耳，
毡帐内外都挂彩铺锦，
街巷里俱是人声鼎沸，
城中处处是欢乐气氛，
今朝适逢天大的喜事，
必将有美好随之来临，
众人瞩目绝世的美女，
惜别要做王妃的观音。

喜鹊在枝头喳喳声唤，
观音早早就梳洗打扮：
绽开的金菊蕊含凝脂，
难比她粉面俊美鲜艳；
花瓣儿沾露晶莹圆润，
难比她双眸明亮光闪；
出水的蒲棒风中摇曳，
难比她姿彩飘飘欲仙……

侍女伴着盛装的观音，

要出家门先拜别父母，
她向老人深情地叩首，
这是契丹人家的礼俗：
只见右膝跪左足着地，
以手动为节三数而住，
然后老人扶臂搀她起，
缓缓步出飘彩的毡庐。

盈盈喜气里接亲开始，
萧家门前欢乐的人群，
阵阵唱歌又阵阵起舞，
迎接远道而来的贵宾。
执事唱罢热情的礼赞，
奉上丰厚的娶亲礼品，
马驮和车载难计其数，
皇家的彩礼非金即银。

人们热望中王子下马，
他威武堂堂英气夺人：
头戴远游冠珠翠点缀，
满脸喜气显得特英俊；
身着绛纱袍飞云乌靴，
款款而行更潇洒万分；
到得新娘前止步施礼，

双手相扶向彩车走近。

羽毛初丰的鸟儿出飞，
恋恋不舍树顶的老窝，
萧观音走出自己家门，
粉腮上滴落珠泪颗颗，
不光满腹里离情别绪，
不只留恋在家的欢乐，
是别有幽情而生暗恨，
心内竟然揣几分忐忑。

看夫君虽然英俊王子，
又都说王妃享受尊荣，
她却觉得天意高难测，
她还明白高树多悲风，
命运之神的如此安排，
让少女观音如履薄冰，
洪基误认她流的喜泪，
帮她擦拭搀扶进车中。

阵阵鼓乐不断地欢呼，
接亲的彩车登上长途，
习俗延续契丹的传统，
新娘离家要追拜于路，

萧家的族人成群结队，
随着那婚车跪拜不住，
眼看车马已经没踪影，
还在为观音声声祝福。

大路上彩车放慢些吧，
王子和王妃刚刚见面，
他们眼睛蒙一层泪花，
心房激动不停地抖颤，
好像是梦里久别重逢，
掀帘车外是朗日白天，
在这美好幸福的日子，
给他们多点相拥时间。

拐过那河湾越过山丘，
惊起草丛中群群沙鸥，
鸥鸟盘飞尽情地歌舞，
伴随着车马欢快遨游，
它们看见王子和王妃，
是一见钟情心意相投，
听到他们有多少情话，
那细语娇音无止无休。

二

鸥鸟可看到了木叶山？
近在眼前又远在天边。
古老契丹族来自何处？
这里供奉民族的祖先。
为什么要到这里膜拜？
因为她是心中的圣殿。
一切缘于古老的传说，
不知已经流传多少年——

从前一男人骑着白马，
顺土河[(1)]巨流往下飘移，
有女子乘坐青牛驾车，
浮潢水清波随浪而去，
两人在木叶山处会合，
给河水跪拜结成夫妻，
他们共生有八个儿子，
分八个部落繁衍生息。

两水汇流之处木叶山，
有供奉契丹始祖神殿，
八个部落首领的画像，
殿堂左右的庙中高悬。

皇帝携百官举行山祭，
契丹最最隆重的大典，
供奉宰杀的白马青牛，
岁时祭祀求人畜平安。

潢水和土河交汇之地，
乃是科尔沁沙地西缘，
沿河大大小小的沙丘，
似金波银浪起伏连绵，
有如星星一般的水泊，
散布沙海的草丛之间，
契丹的神山竟在何处，
到如今还是一个谜团。

现在人们探查和研究，
众说纷纭难有个定见，
苏轼的胞弟苏辙使辽，
木叶山曾经亲眼所见，
写的诗说“兹山亦沙阜”，(2)
原来是沙丘兀立河滩，
经过千年的雨打风吹，
沙丘再大怕已经搬迁。

如今潢河南岸不远处，

两河汇流的沙滩西端，
有人认定木叶山所在，
即是翁牛特旗海金山。
就在道宗朝的中后期，
有几位宋使经过此间，
他们留下的诗篇文章，
可以证实如上的断言。

洪基随父皇多次祭山，
随时令到此参加盛典，
庄严肃穆曾身临其境，
虔诚膜拜铭刻于心间——
向祖宗报告国家大事，
征战时求得胜利凯旋，
仰望先辈们德配天地，
祈盼永护佑国泰民安。

接亲的队伍奔腾如飞，
洪基还命令催马加鞭，
马队驰大路追风赶日，
婚车过彩桥水笑河欢。
这回是前来拜谒山神，
祭告婚娶已进入成年，
携王妃共敬契丹先祖，

降恩德惠赐洪福齐天。

契丹人最为神圣的山，
山巅排列着煌煌庙宇，
只见天神和地祇庙前，
君树中立和群树前聚，
又有两株树作为神门，
嘭嘭鼓响并飘飘旗举，
案台上早已摆好供品，
太巫洒酒毕礼仪就绪。

礼官喝令一声音乐起，
执事郎君手持酒上位，
洪基挽观音步下毡车，
在君树前面深躬拜跪，
他默诵祖先功高恩厚，
他感谢天赐良缘佳配，
王子和王妃上香再拜，
饮酒后礼成祭终敬退。

观音款步神庙的阶台，
她举目四望神思翩翩，
无边的大地云影飞飘，
风吹草低见群羊蹦欢，

马群中阵阵急驰狂奔，
牧人舞动长长的套杆……
不由得即兴吟咏一诗，
赞颂心中圣殿木叶山——

巍巍高耸在两河之间，
苍松覆盖沙海里浪翻。
滚滚的潢水滔滔万里，
契丹人血脉悠悠不断；
漫漫的土河绵绵千载，
祖先的恩德浩浩无边。
白马青牛神圣的供奉，
保契丹万民富足平安！

三

八月天中秋气冷风凉，
草地上露珠含泪伤悲，
兴宗在行宫因病驾崩，
遗诏洪基灵柩前继位，(3)
他成辽朝第八代君主，
道宗是他的庙号称谓，
因父皇去世极度哀伤，
不能理事而朝堂政废。

萧观音陪伴悉心抚慰，
敬奉道宗要好自珍重，
应时刻关注国家治理，
才不负先皇叮嘱遗命。
文武百官们纷纷上表，
恳请新主节哀和听政，
道宗这才勉强去上朝，
并且宣布改元为清宁。

正值辽朝在空前盛世，
皇家府库里应有尽有，
耶律洪基继位主大辽，
观音被封为懿德皇后。
这道喜讯向四方传开，
山河大地为观音讴歌，
毡帐万民向观音祝福，
宫殿内外都铺满锦绣。

契丹人处于游牧社会，
以车马为家随时转移，
居住屋室是毡车幕帐，
便于按季游动和迁徙，
饮食依赖牲畜的肉乳，

还靠传统渔猎来获取，
在多寒多风大漠之间，
这样的生活一直延续。

辽朝大致长城南地区，
其耕稼以食仍为旧俗，
圣宗兴宗又重视农耕，
社会渐渐地大有进步。
辽宋订澶渊之盟以后，(4)
南北间进入和平时期，
南朝向北国岁进银帛，
契丹朝廷一天天富足。

这时期已经五京设齐，(5)
辽朝特殊有五个京都：
太祖先建上京于临潢，
后又设东京在辽阳府；
太宗得燕云十六州后，
南京析津府设幽州处；
兴宗把云州改为大同，
西京为重要边防门户。

中京大定府地近中原，
即在现今赤峰的宁城，

本是圣宗时摘地筑就，
依山傍水亦宜牧宜农，
便宋辽京都南北往来，
又利同中原贸易互通，
皇帝住在皇城武功殿，
文化殿是萧太后(6)寝宫。

若由后系的家族而论，
观音是萧太后的侄孙，
萧太后为观音的姑奶，
他们乃萧家一脉之亲；
如从辽朝的皇族来看，
道宗即萧太后的玄孙，
太后是观音太老婆母，
两位皇后都出于萧门。

萧太后与萧观音二人，
相隔两朝的后宫之主，
太后相当辽国的女皇，
政治和军事功勋卓著，
她逝世刚好三十一年，
观音生于太后的故土，
她的灵光辉耀着中京，
在为观音深沉地祝福。

圣宗朝所建大明巨塔，
今天尤其分外地喜兴，
也在为观音呈敬献礼，
擎万朵琼花点缀晴空，
初冬时节有如暖阳春，
长街坊肆处处红通通，
宫娥彩女俱盛装打扮，
宫帐楼殿洋溢着欢庆。

文化殿巍峨矗立中京，
丝竹阵阵伴钟鼓交鸣，
册封皇后隆重的盛典，
就在这座殿堂中举行。
厅堂华美且御座嵬嵬，
殿宇巍峨又阶台重重，
宏伟的建筑有个特点：
殿室门和座朝向正东。

萧观音儿时学诗读词，
诗意词境沾溉着灵性，
聪颖天赋韫里仁之美，
张口即出非凡的吟咏，
她歌契丹贵日的习俗，

赞民族东向拜日传统，
幼年所作一首《拜日歌》，
惊动四方无数人传颂：

东方冉冉升起的太阳，
你是契丹民族的希望：
驱散冬寒给我们温暖，
光照大地让万物生长，
山川林木藏飞禽走兽，
草原青青养牛马驼羊……
我们齐朝向东方膜拜，
歌唱永远不落的太阳！

一曲赞颂拜日的华章，
出自幼小观音的吟唱，
它传遍北国山川大地，
它走进牧民羊圈毡房，
让人窥见她美丽心灵，
使人感到她才艺无双，
她是大辽的一颗明珠，
她是契丹的新的希望。

国家有大事都要拜日，
在毡幕宫帐门首举行，(7)

遵照这个古老的习俗，
观音首先拜红日东升，
待吹奏音乐袅袅响起，
步入殿阁中端庄坐定，
冠绝当世的美丽皇后，
好像彩云捧明月东升。

头戴金冠饰珠玉翠羽，
身穿典雅高贵白绫袍，
腰间系的红带缀佩玉，
脚蹬的皮靴光彩辉耀。
皇后如此风雅而美丽，
年轻的道宗其乐陶陶，
宫中上下都无比钦佩，
人人说好运来到大辽。

开始时百官依次跪拜，
然后躬身站立于两侧，
内外的命妇分班参谒，
来向绝美的皇后道贺。
又听得音乐怦然奏响，
是道宗皇帝御临锦阁，
他命侍使端册迎皇后，
观音出阁上褥位升座。

读册官来到皇后褥前，
伏跪宣读御制的册记，
皇后上殿一一的赐酒，
至此音乐声中典礼毕。
昨日的王妃今天皇后，
十六岁年华位及人极，
这对观音是福还是祸？
福和祸相伏而又相倚。

就在册封的盛典完毕，
观音升座后扇开帘卷，
忽然有风从空中入窗，
吹到褥前是一段白练，
上面“三十六”三个大字，
萧观音一见顿觉愕然：
“为什么突然出现此事？”
左右说“是天书也，是天！”

雪白的锦绫飘过面前，
“三十六”字刻观音心间，
是上天在做什么昭告，
少女皇后的命运多艰？
是大地在做什么警示，

观音不过薄命的红颜？
册封皇后大典刚结束，
侍女们声声呼唤那“天！”

四

自打辽和宋澶渊之盟，
交聘的使者不绝于途，
为庆贺契丹新皇登基，
宋仁宗遣使来到皇都，
汴梁到中京路途遥远，
登基大典早已经耽误，
正好是赶上册立皇后，
历史出现难得的一幕。

宋朝文学大家欧阳修，
北国恭迎尊贵的来使，(8)
有件事听来使人惊讶，
但也很平常不足为奇，
那是他刚刚到达中京，
在其所下榻的馆驿里，
招待宴会上歌姬助兴，
她们所唱的全是欧词。

契丹人学习中原文化，
立国初期就已经开始，
尤其唐宋的诗文作品，
使他们简直喜欢至极，
通晓那时的名篇名作，
熟悉有名的文人学士，
苏轼欧阳修等人名字，
北国里已经广为人知。

萧观音自幼学诗习文，
熟读历史的文化典籍，
背记不少篇章和佳作，
非常欣赏欧阳修诗词，
对其人早就心存仰慕，
对其文不少铭刻脑际，
《醉翁亭记》这篇文章中，
为乐民乐游胜赞不已。[9]

册立皇后的大典完毕，
道宗接见南朝的特使，
皇后陪皇帝正位端坐，
按程序完成各项礼仪，
观音不顾身份是皇后，
走向欧阳修趋步施礼，

她要吐露由衷的称颂，
锦心绣口已备好词句。

只见萧观音恭谨稳重，
轻声细语献一言奉敬：
“愿诗翁高思溉润千秋！”
语出宫帐里众皆大惊，
君臣上下都啧啧称是，
对皇后妙语赞赏不停——
表达出仰慕中原文化，
称颂与南朝水乳交融。

欧阳修闻言心动不已，
这句话让他又喜又惊，
喜美丽皇后温文尔雅，
惊一语见她满腹诗情，
他面向观音拱手回礼，
说出满怀期冀的心声：
“宋辽地理天文同日月，[10]
北国将升起一颗诗星!”

为谢欧阳修深情祝福，
萧观音躬身又施一礼，
面对诗翁她热血苏苏，

心有不尽的千言万语，
顿然皆化作波浪滔滔，
在胸中鼓荡奔流不息，
忽出一首美好的诗篇，
吟唱这次难得的幸遇——

挂红铺锦飘飘的彩旗，
殿堂莅临尊贵的来使，
欢奏献北国热烈之舞，
高歌唱南朝友好之诗，
辽宋遐迩一家同安乐，
比邻干戈玉帛共休戚，
恰如那高山阔海一样，
是我们悠悠深情厚谊。

遥望黄河啊源远流长，
连着潢水啊奔腾万里，
契丹汉人生存同日月，
朔漠中原地理同一体，
诗经楚辞辉煌的唐诗，
把我们灵魂铸在一起，
正像中京大定府宝塔，
将千秋万代永远矗立！

注：

（1）土河，即今老哈河。

（2）苏辙《栾城集》卷十六《木叶山》诗有“兹山亦沙阜，短短见丛薄”句（上海古籍出版社 2009 年 10 月出版）。

（3）耶律洪基于 1055 年继兴宗帝位。

（4）1004 年，辽、宋达成“澶渊之盟”，宋向辽每年输送银 10 万两、绢 20 万匹，后来有协议倍增。

（5）五京建置为：上京临潢府（918 年）、东京辽阳府（928 年）、南京析津府（938 年）、中京大定府（1007 年）、西京大同府（1044 年）。

（6）萧太后，名萧绰，小名燕燕，生于公元 953 年，辽景宗耶律贤的皇后。景宗病逝，年仅 12 岁的长子耶律隆绪继位即圣宗，遗诏时年 29 岁的萧绰摄政。1009 年逝世，年 57 岁。

（7）《新五代史》卷 72 之《四夷附录》：“契丹好鬼而贵日，每月朔旦，东向而拜日，其大会聚，视国事，皆以东向为尊，四楼门屋皆东向。”

（8）1055 年，宋仁宗遣欧阳修（1007—1072）到辽贺耶律洪基即位。

（9）欧阳修在《醉翁亭记》中有“人知从太守游而乐，而不知太守之乐其乐也”句。

（10）欧阳修在《奉使契丹道中五言长韵》诗中，有“地理山川隔，天文日月同”句。

第 三 章

女中才子

第八代辽帝耶律洪基，
诗画骑射具高超技艺，
猎虎命皇后为赋助兴，
诗出称赞她女中才子。
观音又出首应制五律，
被誉为诗才北国第一，
辅道宗理政巡游畋猎，
四方传诵她写的佳词。

洪基命题好诗出，女中才子万众呼。　　刘凤山/绘

一

年轻登基的耶律洪基，
受父皇兴宗熏陶教育，
有深厚的汉文化学养，
有多方面的超群才艺，
善于书法并擅长绘画，
爱好诗赋且精通音律，
他常把写的诗词新作，
赏赐朝中大臣和外戚。

他与臣下多诗友之交，
朝臣们经常应制唱和，
侍臣奏请编印《清宁集》，
收入了他的诗文大作，
命耶律良诗为《庆会集》，
御制其序群臣们称贺，
这两部诗集虽已佚失，
能得知道宗诗作之多。[1]

丞相李俨是他的诗友，
进献一首诗为《黄菊赋》，
他读后不禁由衷赞赏，
还深受感动诗思如注，

很快咏出绝妙的和作，
新颖别致而感人肺腑，
他的这首成功的酬唱，
是《题李俨黄菊赋》题目。

耶律洪基的诸多诗作，
唯有这一首流传至今，
它以优美铿锵的韵致，
显示出诗的功力超群，
辽诗现存有七十余首，
这首诗堪称佳作高吟，
现在用语体试译过来，
以见这位帝王的诗心：

昨天见到卿家的佳制，
如菊花一样飞云飘絮，
细细剪碎的金黄花瓣，
都化成了清丽的诗句，
直到现在觉得衣袖中，
仍然萦绕余下的香气，
就是冷冷落落的西风，
也不能把它完全吹去。(2)

诗里说大作佳构秀句，

有如缤纷四扬的菊花，
它余香袅袅风吹不散，
其赞赏之情无以复加，
全诗味足尔雅有韵致，
言外之意又得到升华，
风格有唐诗很深影响，
契丹如此崇尚唐文化。

二

辽国各朝代都有传统，
皇后皇太后参政出名：
近是承天皇太后萧绰，
子圣宗年幼奉诏摄政，
跨青骢冲锋南征北战，
和议澶渊盟辽宋息兵；
远有太祖皇后述律氏，
参与征战奇智胜人勇。

她们对家国功劳赫赫，
她们的才能天下闻名，
萧观音一心效仿前辈，
全心全意地辅佐道宗。
耶律洪基正血气方刚，

即位愿国家大有振兴，
雄姿英发又踌躇满志，
萧观音矢志助力尽忠。

萧观音不仅才貌双全，
且雍容贵美穿戴豪华，
当时辽宫有话说她是——
头脚饰玉金的活菩萨。(3)
她性情极其温婉柔顺，
君臣上下都尊敬赞夸；
因为善于迎合人心意，
皇上对她的恩爱有加。

端丽的观音母仪天下，
执掌的后宫和乐祥瑞；
在朝堂参与大政议决，
政令发出要给民恩惠；
陪皇上会见外邦来使，
谦恭礼让又大助国威；
对臣工左右恩威并重，
朝廷内外都非常赞佩。

很快就连续颁发圣旨，
大量选拔治国的贤能，

开言路鼓励忠言直谏，
兴农耕改变游牧民生，
劝学恤患并救济危困，
契丹社会兴起了新风，
一时间情势粲然可观，
全都赞美这清宁新政。

春天的草原诗情画意，
青春的观音如花似玉，
洪基深爱自己的皇后，
用诗篇描绘她的美丽。
观音赞赏洪基的诗才，
更关切他的治国得失，
她希冀大辽内外安顺，
让子民富足盛世永续。

草原马兰花勃勃盛开，
鲜艳蓝色把高天染蓝，
白云在山坡不断飘落，
那是游动的羊群片片，
看牛马羊驼铺天盖地，
望山川大地广袤无边，
契丹王朝崛立于北国，
书写多彩的历史诗篇。

三

群山上林木错落起伏，
广阔的草原水草丰盈，
四季分明有美景无限，
各类动物供猎取无穷。
在这样环境繁衍生息，
契丹人游牧狩猎为生，
有这种鞍马骑射特长，
形成贵族们享乐之风。

契丹打从阿保机立国，
已经历一百五十余年，
经济的发展达于鼎盛，
文化艺术更追步中原，
社会之中很多的风俗，
还保留游牧民族特点，
皇帝“四时捺钵”(4)的定制，
就是延续多年的习惯。

皇帝去巡狩行营所在，
后宫的嫔妃全都随从，
南北面臣僚跟行伴驾，
队伍俨如大辽的朝廷，

一切重大国事的议决，
接受南朝和外邦礼贡，
校猎讲武与高官任选，
都是在捺钵处所决定。

一年中分为春夏秋冬，
各季捺钵的活动不同，
有秋天射鹿冬天猎虎，
有春季捕鹅夏季张鹰，
坐冬坐夏和春水秋山，
都是四季捺钵的名称，
有的皇帝迷醉于畋猎，
甚至放手不理朝问政。

道宗捺钵常去的地点，
挑选的都有绝美景色：
黑山庆云山中夏捺钵，
深山林荫里消解暑热；
冬捺钵潢水南岸永州，
那儿有避寒佳处沙窝；
秋捺钵主要射鹿猎虎，
多在今林西大水波罗。

吉林松原的查干湖边，

发现两地有捺钵遗踪：
一处位于查干湖东岸，
前郭县莫古气村之东；
一处是在查干湖西岸，
乾安赞字乡后鸣村中。
考古发现了这些遗址，
历史家们都大为震惊。

遗址处于湖岸的草原，
几百个土墩清晰可见，
墩台的直径大小不一，
是用作穹庐毡帐搭建，
上面有不少陶片散落，
还发现一些辽宋铜钱，
辽帝春捺钵尘封千载，
如今清晰呈现在眼前。(5)

皇帝四时的行在之所，
是毛绳联系硬寨牙帐，
小毡帐群在它的周围，
那是众多卫士的布防；
行在有的处城中之殿，
用黄布绣龙做成地障，
以毡为盖并锦做壁衣，

彩绘的穹庐器宇轩昂。

水面辽阔的查干湖上，
旷野镶嵌闪亮的明镜，
奇妙的冬日冰封雪覆，
宛如琉璃世界般晶莹。
逢立春正当乍暖还寒，
青阳笑颜送来了和风，
在这捕鹅渔猎好时节，
皇家春捺钵最为隆盛。

查干湖岸边坡丘连绵，
草窝树丛野兽的家园，
獐狍狐兔和野鹿黄羊，
都是君臣的美味大餐，
冰底下水暖食丰鱼肥，
湖面上飞禽野鸭撒欢，
射猎和扎捕如山堆积，
日日与好酒配成盛宴。

四

正东风应律气暖云轻，
阳和遍布那春水渐生，

道宗被簇拥逶迤而来，
浩荡队伍似游走长龙，
从坐冬永州沙窝出发，
向着查干湖所在东行，
踏破长路的堆冰积雪，
马队和车群日夜兼程。

白天旗蔽空随风飘荡，
惊起众鸢鸟高天飞翔，
夜里鸾铃响敲落繁星，
震动山林里走兽奔藏。
萧观音一路陪王伴驾，
人欢马叫中心胸激荡，
壮美的景色诗情画意，
孕育着多少丽句辞章！

道宗和观音走下毡车，
住进查干湖面的帐篷，
这主帐威耸群帐之间，
似雄伟宫殿矗立银城，
入夜冰湖上千灯闪烁，
宛如众星拱卫北斗星，
观音于帐外观赏良久，
仿佛身处清幽的梦境。

侍从在主帐挥动不停，
霎时冰上头凿出窟窿，
接着皇帝和皇后驾临，
请他们亲自钓鱼其中，
当一条大鱼泼剌出水，
宫帐的内外一片沸腾，
群臣鼓掌齐声地道贺，
燃起的篝火映红夜空。

这是在举行头鱼大宴——
他们最为看重的习风，
欢庆春捺钵伊始吉祥，
祝福大辽国繁荣昌盛，
朝臣向皇帝皇后敬酒，
依次众使节诸位首领，
人们轮番唱歌和跳舞，
为盛大宴会以助酒兴。

歌舞阵阵已举酒数巡，
乐队奏皇后所制作品，
为首的琵琶清音激越，
萧观音抚琴曲尽其心，
期望冰雪化春水荡漾，

热盼归雁晴空里鸣吟，
赞赏皇后美妙的弹奏，
头鱼宴直达深夜沉沉。

凿冰钓鱼待雪化冰解，
天鹅群群从南方北归，
侍御操纵鹰鹘海东青，
拜请皇帝和皇后放飞，
观音有幸得第一只鹅，
道宗和群臣掌声如雷，
盛大头鹅宴欢乐摆开，
皆头插鹅毛频频举杯。

水天苍茫查干湖附近，
有座重要州城长春城，
本兴宗时期开始建造，
经过十七年竣工落成，
道宗继位后第二年春，
就来这里春捺钵活动，
他到过此处三十五次，
直到晚年都未曾歇停。(6)

现在长春市正北远处，
即是当年长春州城池，

城垣遗址仍清晰可辨，
为辽代所留重要史迹，
观音随同道宗春捺钵，
曾经有多次在此驻跸，
有感于它的壮丽秀美，
深情写下了赞颂佳词：

城堞巍巍兮旌旗蔽日，
寺塔矗矗兮街市如画；
连宇浩浩兮毡幕御殿，
阶台重重兮兵甲髭发；
星汉耿耿兮千帐灯火，
宴饮频频兮歌舞鸣笳；
日升煌煌兮雪化冰消，
春风习习兮吹绿天涯！

辽代州城现名塔虎城，
千岁老人已老了真容，
四周的颓垣残堆累累，
城中的草木黄了又青，
老人常告诉路过的人：
“这里一直住着位精灵，
他时时不断凝神张望——
当年观音远去的身影！”

五

今林西县北大水波罗，
山高谷深并草甸宽阔，
甸子上盛夏开满黄花，
山林里爽秋遍长鲜蘑。
昔时山林叫作伏虎林，
辽代皇帝常来秋捺钵，
为此留下了一段佳话，
是个很为神奇的传说：

道宗的祖父耶律隆绪，
秋捺钵扎帐深山林中，
他跨马穿林弯弓射虎，
威武堂堂其气势如虹，
有只猛虎被吓破肝胆，
俯伏在地一动不敢动，
从此这片秋山的林莽，
就以伏虎林而得盛名。

这年道宗开始秋捺钵，
进入伏虎林无比惊叹：
辽阔的原野无边无际，
云彩里挂着五花山峦；

镶有银边的茫茫泡淖，
大水中映照蓝蓝的天；
欣赏这美景如痴如醉，
处处就像那画图一般。

再加上金风阵阵送爽，
道宗一路上采烈兴高，
观音率嫔妃从行所在，
百官的毡帐成片连霄。
水泡中撒盐等到夜半，
令猎人吹角仿效鹿叫，
引鹿纷纷前来食盐水，
聚而射获一阵阵欢笑。

高大穹庐是巍峨宫殿，
殿里排列着文武臣僚，
皇族陪立在一左一右，
皇上与皇后并坐掌朝。
当议完国家大政以后，
皇帝在宝座微笑说道：
“我今日当猎斑斓猛虎，
皇后可为此赋一诗否？”

萧观音闻声缓缓起身，

笑而未答即体附诗魂，
广袤草原蹦跳出字句，
江河奔腾飘动着音韵，
她说一句如仙乐悦耳，
说第二句似轻雷动人，
接连成七言绝句一首，
大殿里无不动魄惊心——

行猎的队伍威风万里，
多么像大辽压倒南邦。
我们威武雄壮的气势，
向东征服遥远鸭绿江。
一切野兽和大千世界，
俱都被吓得胆破魂丧。
今天就是在这伏虎林，
一个个猛虎敢不投降！(7)

道宗拍双手面向群臣：
“皇后真可谓女中才子！”
他随后上马弯弓搭箭，
突来猛虎在林中急驰，
果然一发准准地命中，
举着雕弓止不住欢喜：
“我今天射得这只老虎，

真没愧对皇后的好诗！”

这首《伏虎林应制》诗作，
表露作者敏锐的诗心，
她那么快地脱口而出，
北国诗才当属第一人。
诗从伏虎林雄视辽域，
飞动的气势震古烁今，
世界还有什么可惧怕，
真是豪情万丈萧观音！

萧观音这首七言绝句，
大气磅礴似风吞云吐，
体现了北方民族女性——
雄奇粗犷的豪迈气度，
道出了这位宫廷女性——
高瞻远瞩的政治抱负，
万里威风能压倒一切，
足显一个女中伟丈夫！

六

道宗具有诗人的慧眼，
对皇后称赞恰如其分，

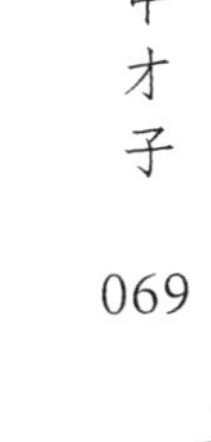

但内心有股血流涌起，
是嫉妒嫌隙还是不忿？
一时未理清自己心绪，
异日写首诗题在丝巾：
“皇后可否用此题应制？”
顺手让内侍交给观音。

是《君臣同志华夷同风》，
观音反复琢磨这诗题，
忽然心头上闪闪一亮，
她已明白皇帝的旨意，
大辽四邻是华夷同风，
朝廷上下为君臣同志，
浮想联翩竞妙句奔凑，
随口吟诵出一篇五律：

大辽已经是虞舜时代，
国家向空前强盛飞奔；
朝廷如今像周室那样，
会聚的贤能尽都奇琛。
秉承上天美好的安排，
举国上下正高歌猛进；
君臣左右听命于圣上，
如围绕太阳一德一心。

礼乐法度和泱泱文采，
遍及亲密友邦和诸邻；
风声教化已达于四海，
华夷同风更没有区分。
苍苍天宇和恢恢地轮，
正是相交亨通的时运；
应当知道这时运到来，
无论是古往还是当今。[8]

没等观音的吟咏停下，
她还没从诗境中醒来，
善诗的君臣无不惊心，
都为皇后诗齐声喝彩。
道宗平素本行事沉稳，
今天却备感喜出望外，
从御座起身使劲鼓掌，
由诗而赞赏皇后诗才：

“真是首完美上乘诗作，
诗律严谨而对仗工稳，
技巧娴熟得如此自如，
听来音韵若流水行云，
尤其意境深化了题旨，

思路开阔且蕴含精深，
一诗道出大辽的盛概，
皇后奇语见奇语诗心！”

常说诗人是时代歌手，
当应歌唱动人的强音，
萧观音两首应制之作，
咏唱大辽国超越古今，
深情的讴歌横扫六合，
韵律动山河响遏行云，
颂赞契丹创造的辉煌，
为中华历史增添美韵。

应制诗容易随声攀缘，
这里却另辟蹊径成篇，
道宗本想试看她才气，
没承想篇篇胜境连连，
柔美绰约娴静的皇后，
胸中竟然有万丈波澜，
她挚爱深沉大爱无疆，
她诗思奔涌地远天宽——

她爱鱼跃鹰飞的阳春，
君臣众首领头鱼盛宴；

她喜草肥林荫的绿夏，
牛羊游动遍北国山川；
她歌虎啸鹿鸣的金秋，
大辽多民族和乐平安；
她颂冰天雪地的银冬，
南朝和北国使节不断……

七

观音伴道宗四时捺钵，
身心融汇于草原帝国，
一草一木摇动着诗韵，
一山一水激荡着魂魄；
在朝堂议政殚精竭虑，
到民间解救冻馁饥渴，
曾吟咏一组丽词长调，
随四季巡游传遍朔漠——

春 水

春水荡荡兮混同江淖，
河湖泡泊兮鹅飞鱼跃，
辇驾雕轮兮山岳呼拥，
前随后从兮驼壮马骄，

牙帐崔巍兮尊崇天意，
毡幕拱护兮捧日臣僚，
放海东青兮挽弓骑射，
兴会豪饮兮盛哉大辽。

坐夏

坐夏荫荫兮大黑山林，
凉消溽热兮天街幽深，
毡庐敲雨兮胜似笳鼓，
绿洞纵马兮堪比追云，
禽鸟晨昏兮丝竹悦耳，
花遍四野兮青草如茵，
万里家邦兮如诗如画，
蒸蒸日上兮北国生民。

秋山

秋山爽爽兮伏虎林猎，
五花点翠兮锦屏金叶，
高城晓角兮旌旗吹彻，
连天秀色兮斜照明灭，
弯弓急驰兮虎啸鹿奔，
鸣镝飞矢兮追风赶月，

虞庭对酒兮百兽降服，
苍穹吟鞭兮浩歌清绝。

坐冬

坐冬茫茫兮广平淀沙，
高丘挡寒兮毡帐连家，
木叶山神兮佑护百世，
潢水土河兮青牛白马，
平地松林兮鸢飞万里，
诗诵幽燕兮韵飘天下，
雪覆朔漠兮山川凝玉，
鸿基永固兮美誉无涯。

观音四时捺钵的长调，
如春风融化厚雪坚冰，
唤醒那江河响起波涛，
涂染得山野草色青青，
牧民的毡房星罗棋布，
牛马和羊驼悠然云动，
北国一片祥和与安乐，
到处皆呈现欣欣向荣。

注：

（1）见《辽史》列传第二十六《耶律良传》。

（2）道宗《题李俨黄菊赋》原诗：昨日得卿黄菊赋，碎剪金英填作句。袖中犹觉有余香，冷落西风吹不去。该诗被选入李炳海编著的中华文学经典必读丛书之《历代诗名篇赏析》(吉林文史出版社 2011 年版)。

（3）见刘凤翥《十香词与宣懿皇后冤案》:"当时辽朝宫中有两句用契丹语和汉语交杂而成的形容皇后雍容华贵的话:'孤稳压帕女古靴,菩萨唤作耨斡。''孤稳'是契丹语'玉'的音译，'女古'是契丹语'金'的音译。'耨斡'是契丹语'皇后'的音译。把上述两句话译为汉语则为'用玉饰头，用金饰脚，皇后就是活菩萨'。"(原载李品清主编《阜新辽金史研究》第五辑，中国社会出版社 2002 年版)

（4）捺钵，契丹语，即行在、行营之意，系指皇帝在游冶畋猎地区所设的行帐、行宫。

（5）见李旭光《查干湖畔"捺钵"地》(《光明日报》2014 年 5 月 16 日)。

（6）见宋德辉和记者毕玮琳、戈驰川、于凝的《回望白城史讲述"春捺钵"》(《吉林日报》2016 年 12 月 10 日四版)。

（7）萧观音《伏虎林应制》原诗：威风万里压南邦，东去能翻鸭绿江。灵怪大千俱破胆，那叫猛虎不投降。

（8）萧观音《君臣同志华夷同风应制》原诗：虞廷开盛轨，王会合奇琛。到处承天意，皆同捧日心。文章通鹿蠡，声教薄鸡林。大宇看交泰，应知无古今。

第四章

谏猎疏

耶律洪基专宠萧观音，
乙辛平内乱阴谋篡权，
投皇上所好喜欢畋猎，
进快马让他日不离鞍，
朝廷统治已大权旁落，
观音劝皇上反遭疏远，
学唐徐惠妃谏奏太宗，
竟受到疏远年复一年。

奸佞离间道宗昏，劝谏不听遭冷遇。　　刘凤山/绘

一

金鹿交鸣野地中欢跑，
神驼双峰沙海里舞浪，
骏马扬鬃在草原奔驰，
雄鹰展翼腾高空翱翔，
莲花并蒂浮瑶池盛开，
松塔抱籽落山林吟唱，
冬青苍翠山崖上傲雪，
灵芝圣美玉树顶吐香。

观音洪基正青春年少，
秀美皇后配英俊皇帝。
她人品诗才众人艳羡，
洪基钦佩她无与伦比；
她窈窕风韵超绝动人，
洪基迷醉她倩影清姿；
她气质脱俗有如梅花，
洪基赞赏她纯美飘逸。

她性情非常温柔和悦，
她心地特别敦厚善良，
她吐属尤其斯文典雅，
她待人更是恭敬礼让。

契丹人本以鞍马为家，
辽朝后妃多骑射见长，
观音的个性纤柔细腻，
不擅于骑射驰骋沙场。

萧观音偏偏极有才华，
胸襟宽阔有远大目光；
她常伴皇帝接见来使，
修好南朝和四邻友邦；
她参与朝中军国大政，
关切山野的牛马驼羊；
她惦念民间疾苦安乐，
有副爱民忧民的心肠。

人美心好臣民们推尊，
皇帝爱恋是意切情深，
捺钵四时她从行在所，
议论大事她意见恩准，
同踏茫茫的大漠冰雪，
共度凛凛的毡帐寒温，
后宫的嫔妃不计其数，
皇帝专宠萧观音一人。

观音享受着甜蜜岁月，

观音安度着幸福光阴，
她生育一子和俩女儿，
尊贵皇后是年轻母亲，
儿子名字叫作耶律濬，[1]
七岁就有了太子名分，
这对观音是福还是祸，
将给她带来怎样命运？

二

她有契丹人耿直秉性，
惯辨真伪和是非曲直，
从善如流但疾恶如仇，
眼里揉不进一粒沙子，
遇事敢提建议和批评，
哪怕是皇亲或者皇帝，
观音就这样清纯可爱，
岂止长得出奇的美丽。

那还是在皇后萧观音，
刚生下皇子没有多久，
皇亲国戚和朝中大臣，
道贺的队伍车水人流。
皇太叔耶律重元[2]妃子，

也没有来在众人之后，
她的一身皆浓妆艳抹，
招招摇摇不知道美丑。

观音闻声就明白谁来，
果是皇叔妃走进毡帏，
只见她打扮妖妖冶冶，
举止动作更骄横百倍，
未出言先自四下流目，
观音憋不住语带厚非：
“贵家妇应当端庄持重，
何必打扮得这样妖媚！”

观音一句直率的话语，
没有半点嫌隙与恶意，
却按己所好要求别人，
犯下不看对象的大忌，
皇太叔妃特别爱虚荣，
视观音为婶婆的侄媳，
哪能受得如此的教训，
怎能够咽下这口恶气。

没有气度的皇太叔妃，
越思越想忽怒火中升，

回到家去对耶律重元，
翻箱倒柜地大骂不停：
“你要真是圣宗的儿子，
就该使出实力和真能，
让皇后位子由我来坐，
铲除那婢子立个大功！”

耶律重元是兴宗弟弟，
皇太后曾谋立他为帝，
这个弟弟可真够天真，
他向兴宗透漏了消息，
兴宗知道后大吃一惊，
如何解决就成个难题，
他思来想去下定决心，
果断地采取两项措施——

一是送母后远离京城，
到庆州去为先皇守陵，
奉陵邑修座玲珑宝塔，
让母后佞佛放弃干政；
二是特命重元皇太弟，
北南枢密两院都加封，
还让他出任南京留守，
用官职换取皇位安定。

兴宗可谓是挖空心思，
暂时解决了一场危机，
为表示感谢弟弟重元，
保住自己当这个皇帝，
趁着酒兴冒一句大话，
说下了许诺“兄终弟及”，
许以千秋万岁后传位，
皇太弟当然扬扬得意。(3)

他笼络攀附求进之徒，
形成了一股政治势力，
久蓄异谋地在等待着——
接替兴宗嗣位的时期。
兴宗在稳住重元同时，
又不断增加长子权力，
最后按照自己的安排，
遗诏让耶律洪基继立。

道宗开始就面临挑战，
重元对皇位虎视眈眈，
任他天下兵马大元帅，
赐金券让他尊崇无前，
尽管获得很高的荣位，

不当皇帝他心还不甘，
他和儿子耶律涅鲁古，
时时找机会谋取皇权。

皇太叔妃遭观音训责，
借口逼重元父子反叛，
涅鲁古早已急不可耐，
就等造反夺权这一天。
耶律重元终于横下心，
要把侄子的皇位推翻，
这父子想出一条妙计，
还制定出来行动方案：

他们纠集官兵四百人，
藏起来立马横刀待旦，
等候道宗去滦河行猎，
诈称重元正病在此间，
他定会顺路前来探望，
包围刺死他一命归天，
贵族们惯于阴谋杀害，
只因为争夺那个皇权。

谁知宫里侍臣耶律良，
得知此阴谋很是惊心，

他向皇太后暗告秘密，
道宗得知后却不相信，
耶律良出了一个主意，
加封涅鲁古诏命谢恩，
他如果不能立即前来，
证明他们要反叛是真。

派使者迅急前往征召，
涅鲁古要反岂肯应命，
他反要杀掉来的使者，
先将其幽困毡帐之中，
使者用佩刀割破帐幕，
急忙逃回报告了实情，
一下证实了重元已反，
道宗这才突然地梦醒。

南院枢密使耶律仁先，
北院知事耶律乙辛等，
率数千人与叛贼交战，
一举把叛乱彻底平定，
耶律重元兵败后自杀，
他的同党被铲除尽净，
道宗取得了完全胜利，
心里却蒙上一层阴影。

他总以为重元是皇叔，
又是那样的位高权显，
竟还要抢夺他的皇位，
看来对亲人更需防范，
脑里这根弦绷得太紧，
却不精心地细辨忠奸，
原本固执任性又易怒，
多疑的性体自有后患。

道宗初期处辽朝盛季，
发生滦河之叛的内乱，
上层贵族权斗的激烈，
黑暗政治走向了深渊，
萧观音一句直率的话，
成了一场内乱导火线，
多才多艺善良的观音，
面前还会有怎样祸端？

三

祸端起自于耶律乙辛，
是个十分奸邪的朝臣，
他自幼家贫服用不给，

对别人富贵心里愤恨，
一心出人头地换门庭，
狠命向上爬捞取资本，
起初做个芝麻大小官，
因善弄权术混进宫门。

在宫里开始任文班吏，
受兴宗赏识更加勤奋，
没多久升任护卫太保，
仕途顺利就渐起野心。
道宗即位给了他时机，
先朝任使被看重几分，
他的官运步步地走红，
他的官阶不断地履新。

滦河之乱后大加封赏，
耶律仁先立的是头功，
与耶律乙辛同知北院，
权势很大又并列齐名，
而耶律乙辛恃宠不法，
仁先抑制他也不可能，
最后遭到乙辛的排挤，
出任外地离开了京城。

乙辛得到道宗的宠信，
全仗着他是平乱功臣，
原来是任南院枢密使，
改任北院胜过了皇亲，
后来又加封他为太师，
军旅大事听命他一人，
声名显赫又权倾朝野，
攀附他的人出入成群。

鸡鸣狗盗者一旦得势，
就操弄权力跋扈嚣张，
培植亲信当走卒打手，
排斥异己更丧心病狂，
嫉贤妒能无不用其极，
为所欲为却欲盖弥彰，
如果说这幅画像绝妙，
看那乙辛是一模一样。

乙辛有权就有了资本，
选个美女做身边性奴，
还把她送给走卒为妻，
是为遮掩丑陋的恶污，
此人甘心同原配离异，
谄媚上司混个好前途，

一主一仆的肮脏交易，
明眼人看得清清楚楚。

朝中那一帮势利小人，
给他奶吃就喊爹叫娘，
趋炎附势不去分是非，
抬着乙辛在为虎作伥，
口头上喊着效忠朝廷，
暗地里早有自己主张：
傍虎吃食吃不上好肉，
也啃点骨头喝点剩汤。

乙辛虽然看仪表堂堂，
又装得好似亲切和善，
但他的内心十分狡诈，
用一切手段独揽大权，
谁对他阿谀奉承提拔，
谁为人正直耿介撤换，
伴随他权力越来越大，
野心膨胀要篡位夺权。

要想达到险恶的目的，
乙辛盘算出阴谋诡计，
先从蛊惑那道宗开始，

让他渐渐地声色着迷，
一步步陷入追求奢华，
失去初继位时的锐气，
在内廷一切宠信乙辛，
外廷把一批忠臣抛弃。

乙辛作恶使尽了恶招，
千方百计投道宗所好，
他见道宗最喜欢打猎，
选匹最好的走马敬孝，
道宗骑着它又稳又快，
射猎成瘾每天离不了，
他对这匹马异常满意，
给它起个“飞电”的名号。

道宗沉迷于行围打猎，
经常是鞍马弓箭不离，
外出行猎竟毫无节制，
朝政就交给乙辛代理，
任命大臣主意拿不定，
用掷骰子让人凭运气，
他渐渐变得游幸无度，
成了荒淫的逍遥天子。

他陷进畋猎如醉如痴，
不顾安危光图喜快乐，
打猎往往是只身前行，
让人担心出意外灾祸，
有一次乘坐“飞电”出猎，
瞬间在深林邃谷影没，
足足远走了百里之遥，
扈从们急找也没找着。

道宗种种的荒唐行为，
观音看在眼想在心间，
对道宗不顾死活畋猎，
更十分担心怕有后患，
每每当道宗临幸毡帐，
她就好心地直言相劝，
已经乐此不疲的道宗，
听多了反倒不以为然。

观音有意地耳鬓厮磨，
道宗感觉心烦还不算，
索性慢慢有意躲避她，
时间长了两相已疏远，
尤其朝政由乙辛代理，
早就把皇后抛在一边，

已经多少时日和岁月，
观音同道宗难得见面。

萧观音热爱中原文化，
想起从前有典故一件：
唐朝的徐惠才学出众，
她的贤德更备受称赞，
虽然是后宫一名妃子，
对太宗为政敢于劝谏，
有《谏太宗息兵罢役疏》，
女性出此文史所罕见。

徐惠劝太宗息兵罢役，
停修土木并戒奢为先，
后世人们读这篇谏疏，
赞美之声曾连连不断。(4)
萧观音于是效仿徐惠，
向道宗秉笔直言劝谏，
深思熟虑写篇《谏猎疏》，
郑重地呈奏道宗面前。

四

萧观音《谏猎疏》

妾闻穆王曾西游远行，
败坏了周朝一贯德政；
太康经常洛水北狩猎，
夏社稷几乎危亡之中。
这些出游畋猎的事例，
都是以往留下的戒警；
也是我们现在的帝王，
应当经常照照的明镜。

突然看见皇上又驾幸，
水木狼林的茫远秋山，
护卫皇上的人马侍从，
紧张忙碌得不到消闲。
但是皇上却单人独骑，
追逐飞禽走兽于林间。
一去就深入百里之遥，
容易有想不到的危险。

皇上虽然是神威在身，
万灵也自然拥戴保障，

但是倘若有绝群之兽，
果如东方朔所说那样，
就是从阴沟跑出来的，
那种野猪的横冲直撞，
也必然把筒子的车驾，
碰击得粉碎四处飞扬。

臣妾虽然是愚昧不明，
但知为社稷安危忧心，
唯望陛下遵循老子的，
关于“驰骋之戒”的古训，
认真采用汉文当中的，
必须吉利出行的确论，
这份谏奏请千万采纳，
别以为这是“牝鸡之晨”。(5)

五

道宗在观览这篇疏奏，
字体飞动灵气而娟秀，
又文采昭昭出类拔萃，
情感充沛且纸背力透，
可转念一想很不对劲，
所写内容怎能够生受？

用的典故又贬损太过，
对我什么情面也不留！

他看着不由生起气来，
无形中一腔愠怒难收，
自思曾对她迷心专宠，
可她却老是拌腿掣肘，
见面就唠唠叨叨没完，
不见面倒好万事皆休，
本相安无事还算罢了，
现在又上这样的疏奏！

道宗虽性子原本易怒，
但昔日深情生发念旧，
思同观音本少年夫妻，
又是一直专宠的皇后，
因此对她此举没发火，
表面上敷衍声色未露，
让下面转告予以嘉纳，
真正如何想谁能猜透！

观音思来想去看明白，
皇上已经中魔难收手，
那是勉强给她点面子，

心里一切根本不接受。
观音恨皇上走上邪路，
皇上怨观音头顶动垢，
两个人的心越离越远，
一步一步到无可挽救。

萧观音上疏丹心一片，
为大辽社稷情恳意切，
道宗毕竟不是唐太宗，
他哪有那种高风亮节，
奏疏遭逢冷遇非小事，
更怕契丹将自毁自灭，
眼瞅道宗竟渐行渐远，
她陷入又孤又忧岁月。

道宗改元清宁为咸雍，[6]
辽朝的局面更趋严重，
皇上的昏庸日甚一日，
畋猎和酒色迷醉不醒；
乙辛对上是阳奉阴违，
下面把异己排除朝廷，
提拔张孝杰结成死党，[7]
权力掌握在团伙手中。

他们大胆地胡作非为，
为所欲为好乱中取胜，
施行祸国殃民的办法，
废除清宁以来的新政，
卖官鬻爵败坏了社会，
增加赋税坑苦了底层，
朝廷里官员怨声载道，
辽国已处处民不聊生。

乙辛张孝杰一帮奸贼，
用权力膨胀自身财力，
极力以手中掌握资源，
无耻为自己广为造势，
岂不知早就遭到痛骂，
早就受到无情地唾弃，
因为人们心里头雪亮，
众人的心智终不可欺。

贪污和腐化上下盛行，
导致社会溃败和紊乱，
古和今都是同一定律，
历史有多少前车之鉴。
观音以她的慧眼诗心，
已经把这种残酷看穿，

她严重担心政权垮台，
辽朝正面临这样风险。

观音虽已被冷冷疏远，
可依然不改正直秉性，
眼瞅着乙辛贪腐搜刮，
坑民害民欲夺位篡政，
她很为冷静十分警觉，
保持头脑的绝对清醒：
官员贪腐是世乱之源，
执政清廉才社会稳定。

遭受皇上如此的冷待，
暗自也不免哀伤万分，
她时常陷入冥想苦思，
铲除奸佞的不法横行，
只好把希望寄托太子，
盼望他快快长大成人，
让他能懂得为君之道，
担起重整朝纲的大任。

注：

（1）耶律濬，1058 年出生，小名耶鲁斡，1065 年册立为皇太子，1075 年生子耶律延禧（即辽代末帝天祚帝）。

（2）专家根据出土资料证实应是耶律宗元，是《辽史》误作重元，并且诸书都依据此。

（3）《辽史》伶官罗衣轻传："（兴宗）与太弟重元狎昵，宴酣，许以千秋万岁后传位。重元甚喜，骄纵不法。"

（4）徐惠（627—650），唐太宗李世民的妃嫔。年少时便才华出众，唐太宗听说后，将她纳为才人，后被封为婕妤，接着又升为充容。贞观末年，唐太宗频起征伐、广修宫殿。徐惠上疏极谏，剖析常年征伐、大兴土木之害。唐太宗认可了她的看法并对她厚加赏赐。贞观二十三年（公元 649 年），唐太宗驾崩，徐惠哀慕成疾，不肯服药，永徽元年（公元 650 年）病逝，年仅 24 岁，被追封贤妃，陪葬昭陵石室。

（5）萧观音《谏猎疏》原文：妾闻穆王远驾，周德用衰。太康佚豫，夏社几危。此游佃之往戒，帝王之龟鉴也。顷见驾幸秋山，不闲六御，特以单骑从禽，深入不测，此虽威神所届，万灵自为拥护，倘有绝群之兽，果如东方所言，则沟中之豕，必败简子之驾矣。妾虽愚暗，窃为社稷忧之。唯陛下尊老氏驰骋之戒，用汉文吉行之旨，不以其言为牝鸡之晨而纳之。

（6）咸雍元年为 1065 年。

（7）张孝杰，兴宗朝擢进士第一，清宁间攀附耶律乙辛，受道宗宠信，是北府宰相，乙辛死党的奸佞。

第五章

回心院

观音当了二十年皇后，
后十年凄苦只身影单，
想到唐梅妃期盼玄宗，
她的居处叫作回心院，
用它为题作十首小词，
谱曲演奏向皇上进献，
道宗高兴允太子主政，
从佞臣收回朝政大权。

冷落后宫已十年，回心院词抒期盼。　　刘凤山/绘

一

岁月倏然过去二十年，
道宗为什么改元大康？[1]
名为大康实实的不幸，
惨烈的悲剧千载堪伤。
这一年辽天阴云密布，
雷鸣电闪和雨暴雪狂；
这一年塞北江河横飞，
血泪交织悲与恨流淌……

只因为道宗昏聩变质，
畋猎贪色沉醉于梦乡，
任凭那乙辛专权跋扈，
让忠善缄口邪恶嚣张，
道宗已经是忠奸不辨，
焉能知乙辛心怀不良，
乙辛张孝杰沆瀣一气，
觊觎大辽的万里家邦。

骏马扬鬃追赶着日月，
时光流逝洗褪了花容，
单凤独自在树上成叹，
花鹿只影在原野哀鸣，

玉指拨弦把心声倾吐，
诵诗清韵诉万古悲情，
萧观音二十年的皇后，
十年河西又十年河东！

前十年专宠承恩临幸，
她生儿育女其乐融融，
似鲜花盛开花光映日，
随王伴驾并临朝参政；
后十年秋草枯在山里，
她孤寂落寞悲凄深宫，
只毡帐孤灯独对冷月，
唯风声雨声满耳是听……

观音被道宗冷冷疏远，
十载里忧愁度日如年：
第一忧道宗堕落不归，
大权旁落朝廷已危险；
第二忧权奸势力坐大，
如何能根除这个隐患？
第三忧自身悲苦孤寂，
何日与洪基恩爱如前？

她眼前只有希望一线，

皇太子已经年到弱冠，
因观音太傅精心培育，
他正直无私睿智果敢，
聪明好学已文武兼备，
十鹿射九广为人称赞，
好心人盼他出来执政，
抵制那帮罪恶的权奸。

深居宫帐的观音皇后，
不甘心孤寂度过盛年，
不相信道宗执迷不悟，
不忍见王朝改日换天，
告诫自己要鼓起勇气，
争取回到皇帝的身边，
扶起儿子去掌权执政，
救国救民并惩恶除奸。

萧观音独坐宫帐深院，
想着家国事宗宗件件，
越思越想似乎越迷茫，
越想越思不知如何办，
虽登高山仍未见破晓，
既面清流还难离深渊，
她为救朝廷焦思苦虑，

她为除奸佞寝食难安……

日思夜想突一念而生，
有个典故猛然袭心间：
唐玄宗的梅妃江采萍，[2]
因为失宠而落落寡欢，
为跟杨贵妃争个高下，
命名寝宫叫作回心院，
希望玄宗能回心转意，
以便能欢乐悉如从前。

观音想到前人回心院，
心里受着期盼的熬煎，
止不住地思前和想后，
喊天叫地一声声呼唤——
从前四时捺钵和应制，
焉知今处孤独年复年；
往昔清宁新政天下靖，
现在权奸肆虐万民怨……

索性借助这个“回心院”，
就用它来感动那上天——
勒马于山林节制游猎，
朝堂里勤政惩恶除奸，

共商重整王朝的国策，
并辔赴民间问饥问寒，
让那颗为国为民的心，
重新回到宫帐的深殿……

观音就以“回心院”为题，
调动才思而拈句谋篇，
当真不愧为契丹才女，
一阕又一阕气足意完，
一气呵成新词整十首，
胸中的块垒风舒云卷，
萧观音这组千古绝唱，
译成为语体动人依然。

二

萧观音《回心院》

1

认真清扫深宫的寝殿，
久关闭环座已经灰暗。
虫儿的游丝结成网络，
积压的尘土处处堆满；
经年累月生长的青苔，

厚厚地铺在阶石台面。
认真清扫深宫的寝殿，
等待君王能回来饮宴。

2

轻轻拂弄象牙的卧床，
凭云雨好梦借用高唐。
牙床竟然敲坏一半边，
因为我曾在上面分享；
恰好当天就分明处在，
缺少太阳照射的辉光。
轻轻拂弄象牙的卧床，
等待君王会归来卧躺。

3

换掉我那用久的香枕，
它一半已经没了云锦。
因为秋天到来的时候，
辗转反侧而睡不安稳；
更有双眼的泪水流淌，
香枕处处有泪痕透渗。
换掉我那用久的香枕，
等待君王早回来安寝。

4

已经铺好锦花的翠被，
羞煞那鸳鸯和谐成对。
还记得当时美妙情景，
听鸟儿鸣叫合欢成寐；
而今却独自在承受着，
苦痛相思的难挨块垒。
已经铺好锦花的翠被，
等待君王快归来入睡。

5

装好床上秀美的帏帐，
但它的金钩未敢挂上。
因为如果解开它四角，
它的夜光珠非常明亮；
这样可以不让它照见，
从前整体的旧模旧样。
装好床上秀美的帏帐，
等待君王好前来惠赏。

6

虎皮的垫褥叠叠锦茵，
一重一重在空空自陈。
只是愿意让我的自身，

当作白玉体一样殊珍；
不愿意将会成为那个，
终生悲苦的薄命之人。
虎皮的垫褥叠叠锦茵，
等待君王能恩幸驾临。

7

铺开白玉一般的瑶席，
花的上面有高丽之碧。
这也是笑我新铺下的，
好像白玉一样的床笫；
可是我们妇人的欢乐，
从来都不能终朝终夕。
铺开白玉一般的瑶席，
等待君王会前来休息。

8

挑亮床前点着的银灯，
须知要让它一样光明。
偏偏正是君王要到来，
往往它竟然彩晕横生；
这不正好对我是故作，
床头的烛光青亮荧荧。
挑亮床前点着的银灯，

等待君王早驱驾来行。

9

点着檀香来烧好熏炉，
它能将我的孤闷复苏。
如若说是我自己身体，
有许多什么秽贱脏污；
我自会沾溉那些御香，
让御香香彻全身肌肤。
点着檀香来烧好熏炉，
等待君王快回来欢娱。

10

张挂丝弦并鸣响瑶筝，
语声恰恰犹如那娇莺。
打从我的心中弹奏的，
虽然是房中曲调琤琮；
但却常常应和着的是，
窗前的风风雨雨之声。
张挂丝弦并鸣响瑶筝，
等待君王好归来倾听。（3）

三

萧观音十首《回心院》词，
咏宴寝起居诸多方面，
还有银灯熏炉和琴筝，
俱联章铺叙反复咏叹，
将她孤处深宫的哀愁，
表现得很为曲折委婉，
如泣如诉更至悲至凄，
给人极强的艺术感染。

这十首短歌词藻华丽，
幽怨怅惘而情致缠绵，
描摹细腻又意内言外，
寓意悠远且情绪凄婉。
道出久居宫帐的苦闷，
孤愤难耐亦扯肺撕肝；
也唱出关切朝政民生，
诉窗外风雨委曲凄惨。

《回心院》词已历代流传，
词家对其有很高评价，
说它的格调怨而不怒，
深得词要含蓄的意法，

柳永词尚未流行北国，
此词的唐人遗意尤佳，
可见观音的文学造诣，
不愧词史上一大词家。[4]

萧观音有名多才多艺，
制曲作乐乃自幼天成，
入宫后熟知辽邦国乐，
雅乐和散乐尤其精通，
常把应制诗词和民谚，
制曲作调以丰富其中，
时或参加宫廷的演出，
每每独奏令众座皆惊。

萧观音就将《回心院》词，
一章一章地被诸管弦。
词的音韵和谐而优美，
如潢河流水潺湲涓涓；
曲调绝妙缓和急交错，
似大珠小珠滚落玉盘；
好词和美曲相得益彰，
像天上仙乐飘落人间。

宫中乐队伶官赵惟一，

是位文质彬彬美男子，
汉文化学养广博深厚，
举止吐属均如理如仪，
和颜悦色又谦恭谨慎，
谁都赞赏他美好气质，
却好像过于温文尔雅，
让人觉得似软弱可欺。

就是这位乐师赵惟一，
不独有着美好的心地，
吹打弹拉俱绝妙动听，
各种乐器都精通无比，
长于弹拨深沉的古筝，
尤擅吹弄悠扬的玉笛，
凭着演奏技艺的高超，
被推教坊乐队的首席。

观音看重惟一的人品，
相信和欣赏他的才艺，
请他进到自己的宫中，
一同试奏《回心院》乐曲。
皇后召乐师独进后宫，
在中原王朝不可思议，
契丹社会这不算什么，

宫廷没有限制的规矩。

皇后操琴赵惟一掌笛，
琴笛合奏似无缝天衣。
一琴一笛反复地演练，
乐曲显出完美无瑕疵；
一丝一竹相宜又相协，
乐曲发挥得尽致淋漓。
《回心院》词含多少幽怨？
《回心院》曲有几多悲悽？

观音命教坊演奏习练，
笙管笛箫和琴筑锣鼓，
为首是皇后琵琶独奏，
清音激越却如泣如诉，
玉笛声高低曲折作响，
哀怨回肠正风吞云吐，
一曲一曲似星光闪烁，
一遍一遍如彩霞飞逐。

四

耶律乙辛包藏着祸心，
掌朝中大权为所欲为，

为遮人耳目巧立名目，
五马倒六羊人损己肥，
纠集一帮子贪官污吏，
上欺下压欲篡国夺位，
萧观音慧眼头脑清醒，
为家国时时居安思危。

她愁思苦闷想方设法，
让皇上能够明白大势，
扶起太子去执掌朝政，
从奸佞手中夺回权力。
教坊乐队练好《回心院》，
她运筹帷幄动用巧思，
一切一切都安排停当，
就等上天赐给的吉日。

五月初五日终于到来，(5)
一年一度的端阳佳节，
朝廷举办盛大的酒宴，
祈大辽永远灾除祸灭；
皇帝带领百官和国戚，
外邦使节也整齐入列，
共拜东方升起的红日，
佑契丹盛世蒸蒸无绝。

欢歌阵阵又狂舞翩翩，
教坊进献新排练乐曲，
按照观音做好的部署，
乐手和歌女整队就绪，
只见萧观音离位入队，
手抱着琵琶风姿旖旎，
顿时《回心院》一部组乐，
在宴会穹庐徐徐响起。

皇后亲自入乐队演奏，
惊呆了座中文武官员，
热烈气氛中平添欢乐，
美妙清音里哀而无怨；
当急管繁弦错杂奏响，
引出歌唱美词《回心院》，
都说乐曲只能天上有，
缠绵悱恻哪似在人间！

正襟端坐在凝神静听，
道宗悠悠然进入梦境——
与皇后正是青春年少，
皇天后土正幸福其中，
姿彩美丽且琴音玄妙，

陪伴着他舒适地眠醒……
昔日的情景又现眼前，
他起身呼唤皇后小名！

这时候刚好曲终乐止，
观音提裙伏跪道宗前：
“谢皇上赏听臣妾新制！”
双手呈上词作《回心院》。
道宗依然处在兴奋中，
急忙请观音坐在身边，
看着熟悉的秀美字迹，
欣喜若狂一口气读完。

“皇后才气是我国第一，
乐曲和词作无与伦比。”
道宗有点歉意又蔼然：
“这么多年与皇后疏离，
皇后是否有什么事情，
需要朕来帮助和办理？”
萧观音闻言喜出望外，
抓住时机忙轻声慢语：

“臣妾每日都思念皇上，
唯一寄托是培育太子，

如今他文才武功大长，
又有妻儿的濡沫扶持，
对他正应当委以重任，
让他为皇上尽忠效力。”
说着观音又跪地席前：
“相信皇上会理解妾意！”

道宗离座亲自扶观音：
“皇后请起快快地请起！”
他听萧观音述说太子，
心里不由得十分欢喜，
儿子从小就特别聪慧，
贤明豁达又文武兼习，
年幼时骑射佳绩惊人，
他曾夸赞是祖宗传遗。

观音话语里含蕴深情，
一时把道宗有所打动，
他以为皇后所说有理，
应该让太子全面理政。
观音看出皇上的意思，
按捺住喜悦保持冷静，
不能错过这个好机会，
就趁热打铁赶紧钉钉：

“皇上天纵办事都决断，
国家大事更洞明清醒，
太子理政乃非同小可，
应当现在就颁发诏命，
以显大辽的皇权神威，
友邦四邻会同声赞颂。”
她情词恳切发自肺腑，
任谁听来也摇动心旌。

果然观音的这个谏议，
道宗高兴又十分赞成，
随即诏告朝廷和天下：
皇太子总领辽国朝政，
还兼知北南枢密两院，
日常行政都交他手中，
又加封他为燕王赵王，
皇帝之下他最为尊崇。

太子耶律濬临朝主事，
北南枢密院全都掌控，
紧紧地抓住军政大权，
开始要全面拨乱反正，
废除乙辛推行的旧制，

恢复清宁时期的美政，
父皇之命和母后鼎力，
朝野上下尽四起欢声。

观音凭借《回心院》词曲，
与道宗先作艺术沟通，
进一步又以亲情感染，
使皇上发出重大诏命，
如果能这样巩固下去，
乙辛的阴谋难能得逞，
观音以她的才艺智慧，
政治上获得一步初赢。

注：

（1）大康元年为 1075 年。

（2）江采萍（710—756），号梅妃，闽地莆田（今福建莆田）人，唐玄宗宠妃之一。善吟诗作赋，自比晋朝才女谢道韫，还精通乐器，善歌舞，琴棋书画无所不通。开元中被选入宫，唐玄宗宠幸赐东宫正一品皇妃，号梅妃。后被杨贵妃贬入冷宫上阳东宫。公元 756 年，安禄山发动叛乱，唐玄宗落逃没带冷宫中的梅妃，梅妃白绫裹身，投井自尽。

（3）萧观音《回心院》十首原词：扫深殿，闭久金铺暗。

游丝络网尘作堆，积岁青苔厚阶面。扫深殿，待君宴。

拂象床，凭梦借高唐。敲坏半边知妾卧，恰当天处少辉光。拂象床，待君王。

换香枕，一半无云锦。为是秋来辗转多，更有双双泪痕渗。换香枕，待君寝。

铺翠被，羞煞鸳鸯对。犹忆当时叫合欢，而今独覆相思魂。铺翠被，待君睡。

装绣帐，金钩未敢上。解却四角夜光珠，不教照见愁模样。装绣帐，待君贶。

叠锦茵，重重空自陈。只愿身当白玉体，不愿伊当薄命人。叠锦茵，待君临。

展瑶席，花笑三韩碧。笑妾新铺玉一床，从来妇欢不终夕。展瑶席，待君息。

剔银灯，须知一样明。偏是君来生彩晕，对妾故作青荧荧。剔银灯，待君行。

爇熏炉，能将孤闷苏。若道妾身多秽贱，自沾御香香彻肤。爇熏炉，待君娱。

张鸣筝，恰恰语娇莺。一从弹作房中曲，常和窗前风雨声。张鸣筝，待君听。

（4）清徐轨《词苑丛谈》卷八：“独喜其回心院词，则怨而不怒，深得词家含蓄之意。斯时柳七之调，尚未行于北国，故萧词大有唐人遗意也。”

（5）五月初五为萧观音生日。

第六章

十香词

奸佞耶律乙辛大反扑，
制造阴谋陷害萧皇后：
炮制一组歪词《十香词》，
证明她私通伶官已久；
骗她白绢书写《十香词》，
她无意间还题诗一首。
观音没有防坏人之心，
尽管她素来疾恶如仇。

中计誊抄十香词，惹祸写下怀古诗。　　　　刘凤山/绘

一

耶律濬开始当朝理政，
乙辛集团遭沉重打击，
夺权篡位要成为泡影，
眼看着即将前功尽弃，
不光一切都要白忙活，
面临的怕是难堪末日，
他们不甘心就此罢休，
不能够束手坐以待毙。

耶律乙辛想得很明白，
组织大反扑确定无疑，
但要安排稳妥的步骤，
怎么安排也不是容易。
这个阴险狡诈的乙辛，
为此已惶惶不可终日，
他像蚂蚁爬在热锅上，
思来想去不住地着急。

他回看由于费尽心机，
朝政大权已掌握手里，
皇上沉溺畋猎和酒色，
已经把皇后长期疏离，

但太子能够总领朝政，
只因为皇后出面提议，
为今之计就唯有一条，
万事得先打皇后主意。

正道高一尺魔高一丈，
往往好人遭受坏人欺，
乙辛就盯住一个目标，
决计把观音置于死地。
他挖空心思制造阴谋，
他处心积虑寻找时机，
他踏破铁鞋没有觅处，
日日夜夜止不住寻思。

有个名叫清子的美人，
是伶官朱顶鹤的妻子，
年轻貌美又妖艳放浪，
攀高结贵为金钱着迷，
新近勾搭上耶律乙辛，
正跟他处在火热时期，
他们私会竟无所顾忌，
顶鹤想借力装作不知。

这一天清子幽会乙辛，

见他不时地唉声叹气：
“今宰相情绪如此低落，
想必有什么难言之事？”
乙辛喃喃说出“萧皇后……”
清子一机灵颇显诡秘，
嗫声嗫气地告诉乙辛：
“听人说对她有种猜疑。”

清子顺嘴这么一句话，
也好像是没怎么经意，
可乙辛听来猛然一愣，
急头白脸向清子追逼：
“你快点说说究竟是谁，
对皇后可有什么猜疑？”
于是清子把所知情况，
对耶律乙辛讲个仔细。

原来清子姐姐叫单登，
本是叛贼重元的家奴，
因为琴和筝弹得出色，
没受牵连给了她出路，
在教坊任职当个乐手，
能够时常后宫里出入，
这女子表面和颜悦色，

骨子里非常阴险恶毒。

教坊里乐队分为几部，
琴部要有一个人为主，
单登一贯地自以为是，
对别的强手非常嫉妒，
挑人时她却没被选上，
赵惟一突出非他莫属，
单登不但斜眼看惟一，
为此对皇后恨之入骨。

有件事引起观音注意，
甚至惹得她怒气暗生：
发现皇上召单登进帐，
欣赏她独自弹奏古筝，
观音不顾一切去觐见，
向道宗恳切谏言说明：
“单登本是叛贼的家奴，
臣妾担心皇上的安宁！”

道宗听这话初有不悦，
又一想所做为害自身，
点首示意他心领神会，
萧观音这才有些放心，

随即她果断采取措施，
把单登调往别院值勤，
单登自此要设法报复，
咬牙发誓早晚解此恨。

单登对一些亲身所历，
一想起来就愤恨难禁，
自觉原先在皇太叔家，
因琴艺高超受宠受尊，
现在是用赵惟一压她，
猜想其中导致的原因：
“想必他们有私情密意，
皇后对赵才这样偏心。”

单登向清子发的牢骚，
纯属无端猜疑和泄愤，
乙辛听了清子的转述，
疯狗的嗅觉尤其灵敏，
阴暗的心里突然发现——
把赵惟一连上了观音，
心想谁管它是非曲直，
可以从这里做假成真。

陷害女人最有效办法，

是诬蔑她与别人通奸，
这不但可以置她死地，
也能够把其家庭拆散，
古今中外一切阴谋家，
常常惯用这样的手段，
耶律乙辛当然不例外，
不过手法更毒辣阴险。

老谋深算的耶律乙辛，
深知事情不那么简单，
清子子虚乌有几句话，
不足以把萧皇后打翻，
必须用万无一失计谋，
钉死他们通奸的假案，
弄到以假乱真的证据，
这才是最根本的关键。

他推想观音重用惟一，
因为他们二人有私情，
精于诗词和尤擅书法，
是观音不设防的神经，
用这些编成一个圈套，
让皇上皇后掉进陷阱，
实现这个高妙的计谋，

还需张孝杰高超才能。

张孝杰进士第一出身，
虽汉臣贵为南府相位，
有一次道宗秋猎射鹿，
日获三十无比的快慰，
大宴从行的众位官员，
开怀畅饮竟酩酊而醉，
即席吟诵《诗经》黍离篇，
激昂慷慨又寓意深邃。

帐中的群臣纷纷应制，
品味有别诗出有先后，
那张孝杰的又好又快，
道宗赞赏他才俊诗优。[(1)]
“今天下太平陛下何忧？
又富有四海陛下何求？”
尤其诗中的这样两句，
对皇上真乃好顿捧凑。

张孝杰善于阿谀奉承，
比之乙辛确无独有偶，
卖官鬻爵其无所不为，
阴谋陷害也是个老手。

他久在相位贪得无厌，
曾夸耀自己广进博收：
“其家没有百万两黄金，
宰相怎能比得上王侯！”

说得多么透辟和露骨，
为官的就是为了金钱，
官小得的钱不一定少，
大官得到的无边无沿，
钱多可不是什么好事，
装塞得心肺都已腐烂，
张孝杰自夸黄金满室，
他干起坏事更为凶险。

这个贪财无德的奸佞，
按乙辛之命加紧加急，
模仿《回心院》词的体例，
运用起他那生花妙笔，
出于目的之阴险恶毒，
也反映低级下流心理，
以达极尽描摹为能事，
炮制一组淫秽的歪词。

乙辛看了后大喜过望，

不用说他一万个满意，
晃晃脑袋又转转眼球：
“起个题目就叫《十香词》！”
他自夸题目起得很好，
吹捧张孝杰艺高才奇：
“论起诗才在我们北国，
宰相可以同皇后相比。”

十香词就是这篇香词，
包裹险恶的阴谋诡计，
它如一把毒辣的利剑，
向那善良和美好刺去，
上下古今没有看见过，
发生如此惨烈的悲剧，
奇词且来仔细地欣赏，
怎能不佩服它的高艺。

二

十香词

发　香

头上盘卷如云的青丝，
舒松下来有七尺之长；

如果把它轻轻地挽起，
正好打扮在家的束装。
殊不知这时双双入睡，
在有鸳鸯成对的枕上，
便会让你强烈地闻到，
美如绿云一样的发香。

乳　香

通红通红薄薄的轻纱，
虽是一幅也显得略强；
它在轻轻地遮挡着那，
两朵白玉闪动的辉光。
把凸起的胸前的薄纱，
慢慢打开来细心探访，
就特别能够感受得到，
远远超过颤苏的乳香。

腮　香

田田碧叶中出水芙蓉，
慢慢失去艳丽的花光；
玉立亭亭的朵朵莲花，
纷纷凋残只剩下故妆。
比较这两般败落以后，
呈现相同可怜的模样，

它们可是真真地不如，
美貌女子粉嫩的腮香。

颈　香

仿佛天牛的幼虫一样，
鲜嫩并洁白而又颀长；
她那细长细长的龙须，
拂动的姿态好似凤凰。
就是昨日美妙的夜里，
欢欢乐乐在胳臂之上，
定然已经浓浓的萦惹，
那衣领边馥郁的颈香。

舌　香

调好各种各样的美味，
做出有滋有味的羹汤；
轻声细语说出的话儿，
有如演奏悦耳的宫商。
所以我能深深地知道，
有什么在郎口中含放，
那是我吐出去的美物，
软暖甘甜一般的舌香。

唇　香

或许一定不会关乎到，
美酒的清芬飘飘散放；
可能这里也许不是那，
朱唇上的凝脂在播芳。
然而却疑盛开的鲜花，
懂得郎君饥渴的肚肠，
于是随着醉人的熏风，
送来可赏可餐的唇香。

手　香

那上林院里繁花似锦，
既然摘的花蕊已满筐；
还到树木茂密的御苑，
亲自巧妙轻快地采桑。
待我高高兴兴地回来，
咱们就携起手来歌唱，
你看看我的纤纤玉指，
比春笋还要美的手香。

足　香

甩去合缝严丝的凤靴，
让它静静地躲在一旁；
脱掉玉缕编织的罗袜，

它清爽洁净似敷轻霜。
有谁在那里面酿制出，
温润洁白的美玉一双，
把它们雕造成为软钩，
时时散播诱人的足香。

内　香

正解衣衫围系的绸带，
看脸色已经震颤泛光；
但当伸出手前去触摸，
激动的心就愈发慌忙。
即或如此你可要知道，
就是在那罗裙内前方，
销魂胜过惬意的酒醉，
别有一番难忘的内香。

身　香

一声咳嗽和一口唾沫，
都是千万朵鲜花所酿；
肌肉和皮肤通体上下，
皆为百合花儿的衣装。
正是因为已喝了许多，
没用沉水做出的高汤，
所以才生得胖胖白白，

遍体都是浓密的身香。[2]

三

恶狼盯紧悠闲的花鹿，
为吞食要先死死咬住，
耶律乙辛罪恶的黑手，
举起屠刀要杀害无辜。
他拿《十香词》当作诱饵，
要把萧皇后牢牢钩住，
但必须精明果断的人，
出马就得赢不能有输。

他掐前想后运筹盘算，
在眼前筛过几个走卒，
想到那单登心里闪亮：
“她有条件去踢开这步，
这出戏她把头幕演好，
就趁热打铁大胆去赌！”
通盘设计出阴谋诡计，
耶律乙辛已胸有成竹。

他设下一个冒险赌局，
手段罪恶黑心肠歹毒，

诡秘地告诉情人清子：
“《十香词》能顶暗箭万株，
把它交给你姐姐单登，
让她寻机进皇后穹庐，
骗皇后抄写一份拿来，
只允许成功不得有误！”

他一脸严肃命令清子：
“要她细心讨皇后信服，
此事只能你知和她知，
不得向别人半点透露！”
清子把乙辛授意交代，
转告单登并百般叮嘱：
“宰相的计谋事关重大，
立即办一点不能马虎！”

单登刚一听战战兢兢，
怕得身子有点儿突突，
稳下来想想点头答应，
答应下来也心里打怵；
忽然一股心火烧上来，
压不下去止也止不住：
“不就是那个老婢子吗？
她孤寂无奈不难对付！”

四

这个极为聪明的单登，
把往日嫉恨暂放脑后，
闭眼寻思该如何行动，
心想不能出半点纰漏。
凭她狡猾乖巧的本事，
不难找见到皇后时候，
让她做好事往往不易，
她干坏事点子不犯愁。

单登的职务宫外值勤，
能常在宫内时有去留，
这天她大模大样进宫，
装没事后宫看看走走，
她有意靠近皇后宫帐，
心里扑腾腾紧张难收，
此刻观音正愁闷闲坐，
面前已经把稿纸铺就。

单登偷偷从帘缝瞥见，
心不笑脸笑掀帘进前：
“娘娘铺好纸就要执笔，
一定又有绝美的诗篇，

我这就给您取水研墨，
好伺候娘娘把诗写完，
我最爱读娘娘写的诗，
这次要有幸拜读在先。”

一听喜欢读自己的诗，
就好像遇到天生知己，
诗人大多有这种通病，
萧观音近年更是如此，
道宗疏远她已经很久，
正中年尤其感到孤寂，
今见单登殷勤又温顺，
陪伴说说话也是好的。

她命单登在身边坐下：
“这会子让你清闲清闲，
要写的诗已经差不多，
咱们随随便便聊聊天。”
单登早就在着急等待，
突然一机灵发现转圜，
不慌不忙地拿出一纸，
《十香词》工整写在上面：

“这是十首流传的新词，

都说是南朝皇后所作，
奴婢就献给娘娘一观，
请看看写得究竟如何？”
因为有一颗诗人的心，
观音没看就认为难得：
“南朝的皇后多么尊贵，
其作品定然远超于我。”

先入为主蒙蔽了眼睛，
观音读起来有点动情，
有的撩拨到她的孤寂，
复杂心绪更其状莫名；
看着看着忽莞尔一笑，
瞬间又很快收敛笑容，
美如双叶的秀眉微皱，
似乎有的描写没看中……

单登在一旁陪坐伺候，
大气不出观察着动静，
内心里紧张忐忐忑忑，
表面上装得欢喜轻松；
只见皇后刚看完辞章，
纹丝未动没吐露半声，
不一会好像要说什么，

轻轻扭过脸朝向单登。

这情景似乎提示单登，
她抓住时机赶紧笑问：
“娘娘，这些词写得如何？”
观音的回答四平八稳：
“词写的虽说还算是好，
但描摹却太有些过分，
遣词用语也显得暧昧，
大雅之堂不一定容忍。”

接着观音又从容说道：
“只有女人自己写女人，
抒发方见得情真意切，
诗词也才能荡气惊心，
南朝皇后真可够大胆，
也许认为这样才动人。”
有褒有贬也有点戏谑，
随便说说没怎么认真。

单登乘势赶紧转话题，
因为观音未酒已微醺：
“娘娘写的诗天下第一，
我一读到都激动难禁；

娘娘写的字人人喜爱，
要想得到可世上难寻。”
她伶牙俐齿言不由衷，
却也会让人信以为真。

她不厌其烦讨好谄媚，
喜形于色地笑脸进言：
“别人写的字我不在意，
娘娘的字奴才最喜欢，
若把南朝皇后的词作，
娘娘您能够书写一遍，
那是宝贵的世上双绝，
收藏起来会万古流传。”

提到书法来观音高兴，
哪儿去想别人的盘算，
命单登赶快取水研墨，
命侍女拿来一幅白绢，
龙飞凤舞地挥洒自如，
很快就把《十香词》抄完，
白绢边上剩下一小条，
她略微寻思也还好办。

先前正在琢磨的旧事，

好在已经构制出立意，
瞬间谋划好起承转合，
安排出字句立即成诗，
自思虽然是首急就草，
主旨和诗境也还可以，
不妨这上面先写下它，
权作为凑趣连带游戏。

于是就把想的这首诗，
边念边写落在白绢边，
最后加上《怀古诗》题目，
自比《十香词》雅丽可观，
诗写汉皇误治国大业，
因过分宠爱赵家二媛，(3)
意在批评他荒淫无道，
告诫宫人要自尊自怜。

那飞燕面容秀丽无比，
舞姿轻盈如凤舞燕飞，
她妹妹貌美更胜一筹，
再加诱人的柔情似水，
成帝爱美人不爱江山，
专宠这一对赵氏姐妹，
一刻不见便心神不安，

受蛊惑暴崩大汉式微——

六宫的粉黛形形色色，
可是只欣赏赵家梳妆；
败雨残云仍享乐无度，
误了国家大业是汉王。
深知此情的只有那啊，
夜静更深的一片月亮，
唯有它曾经多次窥见，
那飞燕出入后宫昭阳。[4]

萧观音如此极富才情，
可咏此典故是何初衷？
是指斥汉王贪色误国？
还是委婉地告诫朝廷？
偏又题写在《十香词》后，
漫不经心却被人利用，
让亘古未有的文字狱，
竟把自身悲惨地葬送。

她心绪非常平和宁静，
随手把诗绢交给单登，
单登跪接并再三敬谢，
表面上戴着满脸笑容，

说完了辞别转身离去，
心里暗自庆幸已成功，
突然浑身冒出了冷汗，
后怕又让她胆战心惊。

单登见到了妹妹清子，
这才慢慢地魂定神安，
看手中诗绢皇后所写，
姐妹俩如获至宝一般。
单登抑制着心头喜悦，
可怖的狰狞聚于一脸：
“这个老婢的末日到了，
我一腔恨血就要洗干！”

清子为姐姐拍手叫好，
更夸乙辛的如意算盘：
“这步走定就没回路了，
皇后进陷阱势所必然，
木叶山神也保不了她，
她的小命已经到大限！”
这样歹毒恶狠的诅咒，
对着无辜实在是罕见。

萧观音纯美心地善良，

难识破单登阴谋诡计，
单登对观音报仇雪恨，
观音对单登毫无警惕，
况且被道宗疏离太久，
内心经不住歪词袭击，
诗人毕竟多情又善感，
书词题诗将酿成惨剧……

可亲可敬的这萧观音，
花朵受到恶风的侵吞；
可怜可叹的这萧观音，
孤身陷进狠毒的狼群；
这大辽的皇后萧观音，
横遭奸邪佞臣的围困；
这女中的才子萧观音，
不知防备身边的坏人！

注：

（1）《辽史》110卷之《列传》奸臣上：大康秋猎，道宗“一日射鹿三十，燕从官。酒酣，命赋‘云上于天诗’，诏孝杰坐御榻旁。上诵《黍离》诗：‘知我者谓我心忧，不知我者谓我何求。’张孝杰奏曰：‘今天下太平，陛下何忧？富有四海，陛下何求？’

道宗大悦。”大康五年，“群臣侍宴，上曰：‘先帝用仁先、化葛，以贤智也。朕有孝杰、乙辛，不在仁先、化葛下，诚为得人。’”

（2）《十香词》原词：一、青丝七尺长，挽出内家装；不知眠枕上，倍觉绿云香。二、红绡一幅强，轻阑白玉光；试开胸探取，尤比颤酥香。三、芙蓉失新艳，莲花落故妆；两般总堪比，可似粉腮香。四、蝤蛴那足并，长须学凤凰；昨宵欢臂上，应惹领边香。五、和羹好滋味，送语出宫商；定知郎口内，含有暖甘香。六、非关兼酒气，不是口脂芳；却疑花解语，风送过来香。七、既摘上林蕊，还亲御苑桑；归来便携手，纤纤春笋香。八、凤靴抛合缝，罗袜卸轻霜；谁将暖白玉，雕出软钩香。九、解带色已颤，触手心愈忙；那识罗裙内，销魂别有香。十、咳唾千花酿，肌肤百和装；元非啖沉水，生得满身香。

（3）赵家二媛：即赵飞燕和赵合德。赵飞燕，以体轻号飞燕，成帝立为后，与其妹昭仪日事蛊惑致成帝暴崩。汉武帝时后宫有昭阳殿，时赵飞燕居之。

（4）萧观音《怀古诗》原诗：宫中只数赵家妆，败雨残云误汉王。惟有知情一片月，曾窥飞燕入昭阳。

第七章

诬告

花朵在草地车轧马踏，
恶狼暗地里狠毒吃人，
乙辛导演诬告奏道宗，
萧观音雄辩激怒昏君，
掷座边刑具猛然击打，
砸观音肩头血流伤身，
道宗命乙辛查办此案，
皇后被送进冷宫囚禁。

观音大殿直言辩，洪基失手击伤身。　刘凤山/绘

一

好虎架不住成群恶狼，
山鹰难躲过阴沟毒箭，
骗到皇后手抄的辞章，
乙辛的阴谋成功大半，
他心里虽有几分窃喜，
觉得重头戏还在后面，
步步为营需十分谨慎，
下一步更要缜密盘算。

他本自十分阴险毒辣，
绞尽脑汁使计谋周全，
又同张孝杰串通妥当，
开始实施行动的方案。
他严命单登与朱顶鹤，
联名告密于北枢密院，
说皇后同赵惟一私通，
证据就是她写的诗绢。

单登朱顶鹤心里明白，
诬告皇后可大罪不轻，
起初还有点提心吊胆，
万一砸锅得赔上性命，

又想宰相叫骗来诗绢，
天塌下来有宰相去顶，
只好壮起胆啥都不怕，
管它什么事成或不成。

他两个越想越有勇气，
决计按清子转告行动，
装模作样地神秘兮兮，
到北府揭发皇后奸情。
乙辛身为北府的宰相，
吹胡子瞪眼假装正经：
“你们若是故意地诬告，
可知道这是什么罪名？”

单登表现得毫无畏惧，
“知道、知道”地口口连声，
立马呈上皇后的诗绢，
急忙述说前后的过程，
是朱顶鹤亲自听到的，
赵惟一说萧皇后所赠，
一次共饮他酩酊大醉，
诗绢朱顶鹤拿到手中。

耶律乙辛看这对男女，

煞有介事地还算稳重，
但也不是一百个放心，
不免用暗语提示叮咛：
“你们所说的真实情况，
到哪里都要口风不松！”
单登心领神会直点头，
示意绝对出不了漏洞。

至此乙辛看来还稳妥，
遂把这秘案奏报道宗，
道宗乍一听忽惊于心，
又一想感到不大可能，
他素来虽然多疑易怒，
但深知皇后品端行正，
或许疏离她旷日持久，
是否有人在捕风捉影？

乙辛观察道宗的脸色，
怕皇上说出诬告罪名，
急忙地奉上那个诗绢：
“这是他们私通的明证！”
说着进一步添油加醋，
故作怜惜地板起面孔：
“娘娘写给赵惟一的诗，

好缠绵悱恻一片深情。”

道宗接过来粗粗一看，
摇着头有些疑虑不明：
看笔迹确像皇后所写，
模仿她笔体也有可能；
其内容如此龌龊不堪，
不像皇后的一贯诗风。
他疑疑惑惑不愿相信，
皇后能做这样的事情。

心里头自觉难堪无奈，
表面上自恃不好糊弄，
于是装腔作势问乙辛：
“这东西究竟怎到手中？”
都没等耶律乙辛回话，
他怒气忽来大气厉声：
“要把那些具体的状况，
让他们向我一一奏明！”

耶律乙辛转过脸下令：
“传单登和朱顶鹤进见！”
他俩早就等候在殿外，
一声喝令如霹雳闪电，

吓得朱顶鹤浑身战栗，
迈脚步有点双腿发软，
单登女流却没有害怕，
森严肃穆她早已见惯。

她上前拽着妹夫顶鹤，
不慌不忙走进了大殿，
在御座下面双膝跪地，
低着头没有丝毫慌乱，
因为事先早做好准备，
问话的回答烂熟心间，
口称皇上容奴婢奏禀，
述说起来是有板有眼：

“教坊赵惟一和高长命，
与同官朱顶鹤为好友，
三个人密切来往很多，
时常在一起聚会饮酒，
有次赵惟一酒喝多了，
声言有好事想要透露，
随后拿幅白绢夸耀说，
赠诗思念他的是皇后。

“朱顶鹤把赵惟一灌醉，

乘机将诗绢拿到己手，
此时也在场的高长命，
他怕事急急忙忙跑走，
我妹夫朱顶鹤来找我，
商定到北院如实诉投，
怕的是如果早晚事发，
我们受株连大祸临头。”

道宗听着事虽然明白，
心火上来还是不清楚：
皇后竟然能做出此事？
这事到底有或者是无？
皇后果真写如此词作？
这字怎确定是她所书？
一连串问号盘旋脑际，
他越思越想越是糊涂。

可看跪着的两个证人，
所说言词很有可信度，
再看手拿的黑字白绢，
正好证明那事实无误，
想到此喝退殿内臣等，
他歪在座位怒气呼呼，
手指着内侍有气无力：

“传皇后进殿，快速，快速……”

二

萧观音闻诏赶往大殿，
一路上心里忐忑不安，
皇上许多时不曾临幸，
怎么忽然却紧急召见？
是不是朝廷出了大事？
可她不参政已经多年；
是不是后宫突发灾害？
可身处其中没见紊乱。

萧观音虽然异常聪颖，
此时心里却乱作一团，
皇上一道紧急的诏命，
让她为家国陡起悬念，
待到进殿她沉静下来，
向上叩拜含着笑问安，
这才发现有点不对劲，
皇上气呼呼脸色难看。

萧观音起身近前惊问：
“不知道有何大事发生？”

道宗怒冲冲将那诗绢，
狠狠使劲往地上一扔：
“你好好看看、好好看看，
这就是你的大好事情！”
观音从地上捡了起来，
一看心里头霎时冰冷。

原来事由这东西而起，
明眼看要有坏事发生，
况且已闹到皇帝这里，
暗藏的祸端不能看轻，
聪明颖慧的这萧观音，
看出了事情很为严重，
但觉得自己问心无愧，
因此不难把事情说清。

她想的就是这样简单，
也气背后有恶人逞凶，
再看皇上的怒不可遏，
先用两句话做了回应：
“如实说的确是我所抄，
请皇帝不必大发雷霆。”
说话的态度理直气壮，
说话的语气有软有硬。

道宗本来就怒气满腹，
这强词夺理怎能忍听，
顿时又燃起满腔大火，
几乎是喊叫扯嗓高声：
“淫秽词句你亲笔写下，
如此狡辩又能有何用！”
道宗啥话也听不进去，
观音忍耐着再度说明：

“我说了是我亲笔誊抄，
但词并非我本人所写，
我北国没有采桑喂蚕，
词里说养蚕该作何解？”(1)
道宗就认定证据是真，
倒反唇质问哪顾这些：
“不管有没有亲桑之说，
为何词里有合缝凤靴？”(2)

在北地没有种桑养蚕，
这是《十香词》九密一疏，
张孝杰炮制太过聪明，
把别人做了明显低估，
道宗和观音都是诗人，

对诗文字句分外眼毒，
虽然给观音一个把柄，
道宗却言他左右王顾。

他反问话语突如其来，
观音欲说却一时语咽，
道宗看她像理屈词穷，
才无言以对无力辩解，
就认为皇后心里有鬼，
必定是奸情的的确确，
腾地脑袋里火冒三丈，
怒视着观音满脸轻蔑……

观音见情势急忙缓解：
“这是应单登请求所写，
她说那是南朝的皇后，
所写的诗作堪称一绝，
请我给她再书写一份，
说是天下难得的双绝，
那诗固然是格调不佳，
我写的字怎能算得也……”

道宗依然都听不进去，
粗暴打断观音的述说：

“你还在搪塞你的丑事！”
观音闻言浑身打哆嗦，
她不料皇上中邪固执，
这不堪骂名如此龌龊，
直急得双泪滚滚而出，
顺脸颊往衣襟上滴落：

“臣妾贵为大辽的皇后，
身处天下的妇人之魁，
哪个敢肆意玷污凌辱，
为有皇上护佑的天威，
臣妾生养众多的儿女，
最近更是喜添了孙辈，
我已经没有什么所求，
伤风败俗岂能够妄为……”

萧观音前后说的这些，
正常人听来已经清楚，
事情的经过明明白白，
皇后所讲更有可信度，
特别是刚才一番言语，
真情的吐露推心置腹，
但道宗任性鬼迷心窍，
冲动发怒已一切不顾。

苦口婆心说不动道宗，
他就这么固执的本性，
观音看出还没有转机，
愤怒说起歹毒的单登：
“她是黑心肠血口喷人，
我后悔受骗此刻心痛！”
说到此涌起一股恨火，
促使她失去平和冷静：

“那单登纯属一派胡言，
不能听信她一面之词，
她只是一个人在表演，
背后隐藏着阴谋诡计，
臣妾死活都毫不足惜，
奸佞误国皇上应谨记，
他们的阴谋如果得逞，
皇上你将要后悔莫及！”

萧观音素来擅长言辞，
此番更思锐出语犀利：
“忠奸不辨已养痈遗患，
佞贼们口蜜腹藏杀机，
陷害我死去只是开始，

皇上再不能糊涂下去……”
她一再重复这些狠话，
已口干舌燥有气无力。

观音的这些直言硬语，
击打得道宗无名火起，
恼羞成怒他理智丧尽，
残忍的性体暴露无遗，
顺手举起座边铁骨朵，
直向观音的头顶掷去，
铁骨朵很重为铁所制，
本是辽代的一种刑具。

皇帝座边置放铁骨朵，
是为防范出什么不意，
道宗原有神箭手能耐，
这回又真是照准而击，
但观音一愣躲开脑袋，
铁骨朵砸到肩头落地。
她又惊又痛躺倒地上，
迷迷糊糊地无力身起。

三

鲜血直流淌湿衣染地，
观音好在没有把命丢，
一寻思心里翻江倒海，
不解皇上竟下此狠手，
好话歹话什么都不听，
到这步田地如何挽救？
想要同单登当面对质，
只因为疼痛不能张口……

道宗惊见出这种场面，
盛怒未息也有点悔意，
不知道伤的是轻是重，
转念又认为活该有理，
他有民族的剽悍骁勇，
登基为帝更骄纵粗鄙，
辽代帝王皆血性如此，
他这次失手不足为奇。

一个鼻孔出气的佞臣，
乙辛张孝杰暗自心喜，
庆幸他们这步走得好，
下一步还要挖空心思。

他俩相随疾步进大殿，
为皇后受伤虚情假意，
一齐瞅瞅皇上的脸面，
似为躺地的皇后着急。

耶律乙辛脑袋里急转，
要想办法把局面收起；
皇上现在正束手无策，
要牵着他去走下步棋。
乙辛实不愧老奸巨猾，
没费力有了神来之笔：
一边乞求地看着皇上，
一边挥手招过来内侍。

皇上向内侍点头示意，
他们把皇后搀扶离去，
乙辛急忙到道宗跟前：
“请皇上不要太过生气，
英明圣上契丹的太阳，
百姓们天天膜拜顶礼，
内宫出点事不算什么，
皇上保重乃万民所系。”

张孝杰跟着也赶上前，

“淫乱事出在皇宫内院，
我们做辅臣也有责任，
请宽恕臣子们的过愆，
万望圣皇要百个放心，
小事无害于国泰民安。”
竟然先咬定事属奸情，
随后是一片巧语花言。

俩佞贼唱着同样腔调，
道宗听来稍有些松缓：
“你们不愧为良相能臣，
一向办事情妥帖干练，
这件事就由你们审理，
要把那事实仔细查勘，
皇后先打入冷宫待命，
等你们奏报结果定案。”

这两个奸佞一唱一和，
受到道宗的夸奖称赞，
给他们作恶又打了气，
为陷害皇后更壮了胆，
办此案诏令他们两个，
更增大事获成的本钱，
俩人偷偷地狞笑相视，

拜跪地上叩谢声连连。

叩谢皇上给他们令箭，
等于得到了生杀大权，
二人兴冲冲走出宫帐，
不住地交头接耳密谈，
老奸巨猾的耶律乙辛，
叮嘱孝杰莫过于乐观：
“大事仅仅刚开一个头，
这出戏演好要看后面！”

注：

（1）《十香词》之七有“既摘上林蕊，还亲御苑桑”句。

（2）《十香词》之八有“凤靴抛合缝”句。

第 八 章

冤 案

乙辛审案动用起酷刑，
屈打成招那两个伶官，
又上捏造事实的疏奏，
是篇完全骗人的谎言，
《怀古诗》忽让道宗生疑，
“赵惟一”三字暴怒定案，
昏庸皇帝受蒙蔽太深，
一道诏命成千古奇冤。

性嫉赐死萧观音，佞臣阴谋初得逞。　刘凤山/绘

一

乙辛现在是万分得意，
这个案子交给他审理，
他要使出浑身的解数，
最后给皇后致命一击。
他和张孝杰分为两路，
他亲自审讯拿到供词，
张孝杰炮制一份奏文，
天花乱坠来编造事实。

因为是皇上下的诏命，
乙辛办起来有恃无恐，
首先赶快去抓赵惟一，
令卫士行动急如流星，
惊动得四处气氛紧张，
人们感觉如水激火烹，
一时皇城里风声鹤唳，
不知又有什么事发生。

审讯的殿帐阴森可怖，
怪异的刑具摆列齐整，
武士持枪在一旁矗立，
像蛇神牛鬼吃人妖精。

耶律乙辛如凶神恶煞，
坐在台子上凛凛威风，
今天他就是五殿阎君，
狰狞的面目十分可憎。

只听他狠命一声吆喝：
“快把人带来给他上刑！”
哪有未审行刑的道理，
纯粹在吓唬文弱书生。
大小二鬼拽着赵惟一，
来到恐怖万状的帐篷，
惟一戴着手铐和脚镣，
一步一挪难忍的沉重。

乙辛大吼着不由分说，
劈面就让他立即讲清：
“以弹琴为名进宫入帐，
你与皇后早就有私情。”
惟一乍听浑身直打战，
又好似突然五雷轰顶，
把他击打得晕头转向，
睁眼分不出南北西东。

再定睛人们张牙舞爪，

已不知眼前是啥情景，
刹那间脑袋醒转过来，
意识到乙辛话里刀锋，
这哪里是在侮蔑自己，
公然在毁坏皇后威名，
很明显这是阴谋陷害，
他既未摇头也未吭声。

看到竟然是这般情形，
光火的乙辛气焰飙升，
撕破嘴脸厉声地吼叫：
“你是招供还是不招供？”
惟一乜斜眼微微冷笑：
“皇家的天威谁敢触碰！
不过教坊的一个乐手，
我是要命还是不要命？”

“我现在就要你的狗命！”
声出手下就动起酷刑，
人上去拽过惟一双手，
又有人拿来三寸粗钉，
摁着他手指头的指肚，
铆足了劲用钉子死钉，
常言说十指连着心哪，

这刑罚活活要人的命!

赵惟一很快昏了过去,
已经没有声息和动静,
乙辛下令冷水泼他脸,
惟一猛机灵方见苏醒,
但咬牙忍痛一言不发,
着急的乙辛未敢稍停,
让端来炭火放他面前,
扒掉他衣服炙烤前胸……

赵惟一不只琴艺高妙,
人也绝对的伶俐聪明,
他是人俊美身躯细软,
平时看起来弱不禁风,
现在被折磨死去活来,
头脑还保持一定清醒:
不能这样不明不白死,
要留着命把事情弄清……

企图逼供诱供和指供,
乙辛用尽了各种酷刑,
赵惟一已经实难再忍,
三魂出窍令神志不清,

眼瞅着只剩微弱气息，
轻声吐出两个字："招供……"
急得冒汗的耶律乙辛，
把画押供状拿到手中。

有人陪榜罪证才有力，
乙辛大有办此事本能，
大喝一声侍候的左右，
拉来教坊乐师高长命，
要他证明赵惟一曾说——
跟皇后确有密意私情，
于是毒刑照样地使上，
也屈打成招乙辛成功。

这边张孝杰炮制奏疏，
实在大才受到了小用，
原本诗文都百里挑一，
得皇上赞赏鼎鼎大名，
现在稍微动一点心思，
发挥低级下流的本性，
一篇惟妙惟肖的奏章，
轻轻松松地大功告成。

拿到耶律乙辛的面前，

他又做了巧妙地加工，
真不愧专职造谣高手，
为私情细节画龙点睛，
《奏懿德皇后私伶官疏》，
顺利无误地大事完成，
为了使皇上相信无疑，
奏文署上了乙辛大名。

两个奸贼正扬扬得意，
枢密副使惟信[(1)]劝他们：
“懿德皇后她贤明端正，
化行宫帐且诞育储君，
为国大本乃天下之母，
叛家仇婢之一言岂信！
应洗雪冤诬烹灭此辈，
公等不负为朝廷大臣……”

这劝说纯为好人好心，
对乙辛不如耳旁来风，
他虽然表现不理不睬，
可心里警惕不敢看轻——
事情已经惊动了各方，
朝廷内外都睁大眼睛，
此案要抓紧坐实无误，

千万不能够夜长多梦。

乙辛想到此加快脚步，
急忙进宫向道宗回命：
“赵惟一已经画供认罪，
高长命承认一切知情，
后宫之事经详查细问，
其过程已然楚楚清清，
时间地点皆确凿无疑，
知情者都是有名有姓。”

他说出这些还嫌不够，
又把语气特别地加重：
“可恨赵惟一胆大包天，
一个小伶官玷污后宫，
情况全如实写进奏文，
其罪孽深重天理难容！”
道宗接过乙辛的奏章，
手抖心颤是怎样心境？

二

耶律乙辛《奏懿德皇后私伶官疏》

那是大康元年的十月，
就是在二十三日这天，
单登与教坊的朱顶鹤，
陈首于北府的枢密院，
投诉赵惟一和高长命，
他俩都是本坊的伶官，
时常弹筝和琵琶入宫，
谋侍懿德皇后于御前。

还在咸雍六年的九月，
皇后驾祭于木叶山庙，
赵惟一公称皇后懿旨，
进入内宫的诰命一道：
御制的回心院曲十首，
让他筝和琴一并入调，
辰时直到下午的酉时，
才把那曲调操练完好。

这时的皇后看看帘外，
于是与他隔着帘对弹，

待到已天光黄昏时分，
宫内的蜡烛一一点燃，
传命赵惟一脱去官服，
头戴着绿巾抹额金灿，
脚穿着有珠带的乌靴，
身穿着窄袖紫色罗衫。

皇后的穿着也是一样，
是紫色贴金百凤薄衫，
那金缕轻裙惹人眼目，
其颜色杏黄不素不艳，
她头上花髻戴的百宝，
脚穿的花靴红凤镶边，
独招赵惟一进入内帐，
弹琴饮酒是或饮或弹。

等到那院鼓敲了三下，
皇后才命令内侍出宫，
当时正是单登在值帐，
她听着没有弹饮之声，
只是听有男欢和女笑，
单登一时心也为所动，
她在帐外偷偷地听来，
皇后的细语甜蜜轻盈：

“可以封你为有用郎君。”(2)
惟一接着的话语低声：
“奴具虽健可小蛇而已，
自然不敌可汗的真龙。”
皇后紧接又说了一句：
“猛蛇虽小却赛真懒龙。”
这之后听来非常警觉，
声音像小儿啼哭梦中。

待院鼓敲打四下时候，
皇后唤单登把帐揭开：
“惟一醉了自己不能起，
你可以把他叫醒过来。”
单登去叫他足有百遍，
他才开始有苏醒状态，
他起身拜辞皇后走去，
皇后赐他金帛一箱儿。

到后来皇后御驾回宫，
召他也不敢入帐重聚，
皇后对他深深地思念，
就作《十香词》赐给惟一，
惟一拿着它向人炫耀，

朱顶鹤乘机夺到手里，
单登朱顶鹤惧怕连坐，
向乙辛告发乞奏此事……[3]

三

奏文的内容有钉有铆，
事实都纯粹子虚乌有，
出于张孝杰生花妙笔，
来自乙辛的诡计阴谋，
旷古未有的栽赃陷害，
显示了乙辛没落腐朽，
一篇罪恶歹毒的奇文，
眼瞅让良善受冤蒙羞。

道宗在等待审问结果，
本希望此事最好没有，
虽然为大辽一代君主，
也不愿意看家里出丑；
又想皇后的人品才学，
她怎会惹祸自身生受？
人证和物证都无所谓，
可以示意叫他们灭口。

由于怀有如此的心绪，
闻听当事人已经招供，
知情不举者也知有罪，
一股急火激怒了道宗，
他猛然失去冷静思考，
露出粗豪昏聩的本性，
脑里头空白持续良久，
迟迟钝钝地浑沌发懵……

忽而气与恨无形交错，
手拿着奏本嘴骂不停：
“淫妇和奸夫不知羞耻，
胡说些什么小蛇懒龙！”
乙辛眼看着手笔奏效，
良苦用心把要害击中，
也多亏他们受到宠信，
耶律洪基真太过昏庸。

道宗拿起《十香词》诗绢，
看到后面题诗一愣怔，
或许因为他也有诗才，
突来识诗的敏感灵性，
感到题诗的格调高古，
表现的意象大有唐风，

虽然书题在词的后面，
与前词所写迥然不同——

前者的用语十分暧昧，
后者的遣词畅晓分明；
前者描摹得不堪入目，
后者寓意是告诫后宫。
他一瞬之间看出这些，
指着《怀古诗》怒气高声：
“这是皇后在骂赵飞燕，
怎么与前词大相径庭？”

张孝杰进前镇静回答：
“此正皇后怀念赵惟一。”
道宗不解地紧接逼问：
“如此的说法是何道理？”
张孝杰故作不慌不忙，
因为答案就在他心里，
他整整衣冠凑近道宗，
好像要揭破天大秘密：

“请皇上仔细看看这诗，
名为怀古却大有用意，
头句里含着一个‘赵’字，（4）

第三句含着俩字‘惟一’，[5]
这两句中正好隐藏着——
明明确确的三个大字，
这三个字可不是别的，
就是那个伶官赵惟一！”

道宗听着已没有耐心，
张孝杰只顾滔滔不绝：
“一首诗里隐藏三个字，
十分高妙也非常恶劣，
确凿是为怀念他所作，
充分证明为赠他而写，
不可能有这样的巧合，
赵惟一朝廷大大罪孽！”

张孝杰黑心非常毒狠，
对本是巧合早有准备，
果然道宗有天生敏感，
知前词后诗大异其味。
张孝杰自会巧言令色，
一番话语堵住道宗嘴，
道宗又扫一眼《怀古诗》，
忽然震怒气炸了心肺。

他的诗情被无情击碎，
他的脑袋被沉重打蒙，
懵懵懂懂坚定了决心，
下道说一不二的诏令：
“立即诛杀赵惟一全家，
斩首教坊伶官高长命，
赐给萧皇后白绫一条，
裸其身送还她的家中！”

观音是他的结发之妻，
在青春年华共沐爱河，
如今却认定过错实有，
道宗虚荣心狠命受挫。
他可以贪色疏离皇后，
岂顾别人情感受冷落；
他可以随意移情别恋，
哪管别的人是死是活！

不顾昔日少年的初爱，
不惜堂堂二十年皇后，
他就这样赐死萧观音，
听信谗言已昏聩无救；
论他的做法何其残忍，
看他的心地太过冷酷，

如此的帝王史所罕见，
这样的丈夫世间少有！

道宗说出了这道诏令，
足见其昏庸僵化顽固。
乙辛给他设下的圈套，
他越钻越紧撤不出步；
性嫉使他已脑昏眼黑，
他越走越远回不了路。
乙辛杀人使用他的手，
他什么时候才能醒悟？

道宗说出了这道诏令，
乙辛的图谋大获成功，
他的手段出奇的高妙，
全赖具有狠毒的心旌，
张孝杰同样功不可没，
奏文编造得天衣无缝，
他俩制造了这件冤案，
历史耻辱柱刻上臭名！

道宗说出了这道诏令，
助长乙辛进一步恶行，
他将更狠毒施展诡计，

叫悲剧接连不断发生；
道宗的诏令夺命杀人，
毁灭的是社会的精英，
让坏人得逞好人屈死，
辽王朝造成深深创痛。

注：

（1）惟信即萧惟信，为枢密院副使。

（2）有用郎君，即著帐郎君，皇太后等帐皆有，即宦官。

（3）耶律乙辛《奏懿德皇后私伶官疏》原文：大康元年十月二十三日，据外直别院宫婢单登及教坊朱顶鹤陈首，本坊伶官赵惟一向要结本坊入内承直高长命以弹筝琵琶，得召入内。沐上恩宠，乃辄干冒禁典，谋侍懿德皇后御前。忽于咸雍六年九月，驾幸木叶山，惟一公称有懿德皇后旨，召入弹筝。于时皇后以御制《回心院》词十首，付惟一入调，自辰至酉，调成。皇后向帘下目之，遂隔帘与惟一对弹。及昏，命烛，传命惟一去官服，着绿巾、金抹额、窄袖紫罗衫、珠带乌靴。皇后亦着紫金百凤衫、杏黄金缕裙，上戴百宝花髻，下穿红凤花华。召惟一更入内帐，对弹琵琶，命酒对饮，或饮或弹。至院鼓三下，敕内侍出帐。登时当直帐，不复闻帐内弹饮，但闻笑声。登亦心动，密从帐外听之，闻后言曰："可封有用郎君？"惟一低声言曰："奴具虽健，小蛇耳，自不敌可汗真龙。"后曰："小猛蛇

却赛真懒龙。”此后但闻惺惺若小儿梦中啼而已。院鼓四下，后唤登揭帐曰:“惟一醉不能起，可为我叫醒。”登叫惟一百通，始为醒状，乃起拜辞。后赐金帛一箧，谢恩而出。其后驾还，虽时召见不敢入帐。后深怀思，因作《十香词》赐惟一。惟一持出夸示同官朱顶鹤，朱顶鹤遂手夺其词……但朱顶鹤与登共悉此事，使含忍不言。一朝败坏，安免株坐，故敢首陈。乞为转奏，以正刑诛……

（4）请参阅 149 页的萧观音《怀古诗》原诗。

（5）请参阅 149 页的萧观音《怀古诗》原诗。

第 九 章

绝 命 词

奸佞陷害和道宗昏庸，
终落得女中才子屈死，
应了册立皇后大典后——
白绢显现的“三十六”字；
观音留恋生死也不惧，
真乃堂堂正正伟女子，
她生来为诗死也为诗，
用血和泪写下《绝命词》。

留恋生也不惧死，堂堂正正伟女子。　　刘凤山/绘

一

皇上赐死皇后的消息，
闷雷炸响天地间传开，
朝廷的内外一片震惊，
怎么会有这样的意外？
皇后的人品才学出众，
大辽的臣民谁不崇拜，
怀疑必定是那帮佞臣，
黑心把皇后娘娘陷害。

善良人遭到恶人欺侮，
结果往往是好人吃亏，
但天理正道是一杆秤，
自能定出人心的向背，
对皇后深切惋惜同情，
已化诅咒恶人的唾水，
终会有一天翻过案来，
让历史严惩一帮奸贼。

听到消息像晴天霹雳，
观音俩女儿无比惊诧，
初闻讯有点不敢相信，
又一想忽而泪水如麻——

她们的母亲圣洁高贵，
她们的母亲美玉无瑕，
怎么会突然天下大祸，
竟要受到无情的毒杀！

两位公主俱悲痛万分，
伤心母后遭这等屈辱，
她们的母后母仪天下，
她们的亲娘纯美贤淑，
她是大辽的第一才女，
她是朝廷的中流砥柱，
母亲千万不能够死啊，
儿女离不开母亲佑护！

公主们都顾不得梳妆，
披头散发上金殿哭奏，
捶胸顿足地大放悲声，
哭天嚎地地痛心疾首，
女儿和母亲心连着心，
泪流满面向父皇乞求，
两人都愿替母亲去死，
不能让母亲玉碎香休。

太子跪地用膝盖挪步，

进宫帐痛哭泪如雨注，
道宗在座上心如刀绞，
听太子一泪一句哀诉：
“儿臣系母后养育长大，
求父皇恩准以身代母，
为了大辽皇统的永续，
请母后育孙以立皇储。”

道宗已愠怒正要开口，
乙辛在一旁诡秘言出：
“为母亲尽孝可亲可感，
圣上要想开，息怒、息怒！”
紧接着他又居心叵测，
给皇上一条妙计出炉：
“念太子公主还是年轻，
对他们只能劝慰、安抚！”

听着太子公主的哀求，
道宗已经是心乱如麻，
有怒有恨正不知所措，
乙辛的鬼话给了启发，
他哪知那是口蜜腹剑，
猛寻思所说还算不差，
赶紧按照乙辛的腔调，

稍显平静地开口说话：

“能这样孝敬你们母亲，
朕特别感到心满意足，
可是你们年岁还都小，
家国事要有大计宏图，
太子应节哀历练成长，
期许未来做个好君主。”
说着招呼内侍上前去，
把太子公主拉拽而出。

随后道宗严厉地下令：
“族诛和赐命立行无误！
萧观音裸尸送还其家，
急速！急速！一切要急速！”
这下乐坏了耶律乙辛，
他心乐表面却不流露，
火速地捧着两道圣旨，
像个举起屠刀的屠夫——

如死神刮起一股旋风，
杀声里掀起悲切惨哭，
赵惟一全家和高长命，
眨眼之间都命丧无辜；

似凶神恶煞一样狠毒，
冥冥中良善蒙羞受辱，
一条雪白雪白的锦绫，
送进了萧观音的毡庐。

二

萧观音看着这条白绫，
浑身打战内心里冰冷，
思前想后清楚明白了——
乙辛的阴谋已经得逞，
他为达到罪恶的目的，
非要把一切障碍扫清，
可叹皇上还蒙在鼓里，
不明真相才如此绝情。

那颗心还是金子一般，
想说服皇上让他清醒，
于是就要求面见皇上，
把前后事情讲清说明。
乙辛听观音这样请求，
心里打怵怕意外发生——
万一皇上动摇了决心，
皇后以能言善辩出名。

固执的道宗鬼迷心窍，
对案情没生半点疑问，
提起皇后更气愤难消，
五脏六腑好似被火焚，
根本没思索观音请求，
粗气地说出一声“不允！”
乙辛闻听松了一口气，
消除原来多余的担心。

乙辛急忙地传下圣旨：
“皇上口谕：不见萧观音！”
观音知道乙辛的心病，
老贼就怕揭他的底根，
可皇上已经顽固不化，
局面要酿成千古遗恨，
天哪事情怎么竟这样？
观音此刻里思绪纷纷——

难道我真就这样死去，
身后会出现何等情景，
耶律乙辛疯狂地作恶，
太子可怜地遭遇险境，
朝廷的局面不堪收拾，

皇上最终把大错铸成！
她越思越想越不敢想，
唯望这一切不会发生。

自知已处在必死无疑，
她对于一死毫无畏惧，
愿献身唤出皇上猛醒，
佑太子皇孙都成大器，
让大辽子民平顺和乐，
使契丹王朝永固鸿基，
自己羽化升上那西天，
长歌盛赞人世的美丽……

她此刻顿悟生灭了然，
清晰地感到方入圆觉，[1]
思己的生大欢和大悲，
这欢乐悲苦必定要灭，
灭了以后生又有起始，
永存的是土地和日月——
佛说深深植根于心里，
她从容面对生命断绝。

她情绪安稳镇定无比，
但泪水簌簌湿了衣襟；

头脑从没有这般清楚，
自思一切皆无愧于心；
身心即将要完全超脱，
所有荣辱都化成灰尘；
如今抛弃全部恨和爱，
更觉轻松似直上浮云……

天地同悲与日月共鉴，
她唯一所剩是颗诗心，
她为诗而生为诗而去，
让诗伴大辽永世长存；
她要最后留下《绝命词》，
拿笔蘸墨似运力千斤，
诗体诗艺却信手拈来，
诗思泉涌直激荡神魂。

蘸着心血也蘸着泪水，
观音书写绝命的辞章，
帐外松涛停住了呼啸，
宫院内悲风无声无响。
观音虽那样从容镇定，
笔尖却落下不尽哀伤，
一字一泪泪水流如注，
一字一血心血在飞扬。

蘸着泪水也蘸着心血，
观音写完了绝命辞章，
面向皇上所在的穹庐，
深深一拜又遥遥一望，
缓步走向悬挂的白绫，
如同回归向往的故乡，
见到久伫心中的巨塔，
不禁热泪脸颊上流淌……

走着走着有一部佛经，(2)
忽然在脑际闪闪发光，
经文总共二百六十字，
字字早已经刻在心上；
因为它是年幼时背记，
一生一世没离开心房，
此刻它指着前行之路，
同时把她的身心照亮。

二百六十字字字明灯，
二百六十盏盏盏辉煌。
一霎时观音心无挂碍，
无恐怖远离颠倒梦想，
口中默念着“究竟涅槃”，

玉殒香消早已忘一旁，
此刻时日离我们今天，
已九百四十多个年光。

萧观音赴死这样从容，
仿佛一切都没有发生，
她心如秋水花光闪烁，
她气若虹影霞彩蒸腾，
眼前的白绫立如玉柱，
她攀援而上登入天庭，
回首世间又心痛不止，
血泪模糊已分辨不清……

这白绫竟然二十年前，
册封皇后大典时所见，
当时是盛典刚刚完毕，
观音升座后扇开帘卷，
忽然有风从空中入窗，
吹到褥前是一段白练，
上面“三十六”三个大字，
萧观音一见顿觉愕然。

当年的疑问得到回答：
“三十六”就是她的天年。

真乃质本洁来还洁去，
这是那天命这就是天！
也正强于污淖陷渠沟，
下俯有厚土青天上悬！
一篇浩然正气《绝命词》，
可为一颗赤心的明鉴。

这位才情绝世的观音，
玉体飞升激荡起春风，
生命停止于青春岁月——
定格在三十六岁年龄，
但芬芳灵魂馨香百代，
时间愈久愈浓烈无穷，
她和她的绝命的辞章，
永远地相伴万世传颂！

三

萧观音《绝命词》

叹美我的列祖列宗啊，
既重德行又幸运有加；
如此我为人之妻子啊，
来到高贵的帝王之家。

住的穹庐高天一样啊，
遮盖着下面我的卧榻；
这样接近太阳太阴啊，
昼夜分得她们的光华。

托身后宫深深帐帏啊，
严守后妃的规礼妇道；
忽然面前一颗吉星啊，
那是启明星升起照耀。
虽然时常容易激动啊，
在锦褥绣被黄缎床梢；
但我没有什么罪过啊，
永远对得起父母宗庙。

我想努力鱼贯前行啊，
对国家文治有所作为；
乘坐太阳德赐车驾啊，
在万里高天畅快奋飞。
哪想祸殃突然发生啊，
什么征兆也没有知会；
竟然蒙受污秽恶名啊，
就在尊贵圣洁的宫闱。

我要剖开自己的心啊，

说清过往的一切陈迹；
希冀重有回光照耀啊，
来自苍宇明亮的白日。
宁可做个平民女子啊，
即或会使人多惭蒙欺；
但能遏止风刀霜剑啊，
别有用心的无情打击。

回顾思念儿子女儿啊，
无限哀痛已寸断柔肠；
对面看看左右侍者啊，
摧肝裂肺的极度悲伤。
西边天低处的日头啊，
将要坠落在遥远地方；
忽然我要远远离去啊，
永久离开伤心的椒房。

破嗓高声呼天喊地啊，
我的惨悴是如此悲凄；
痛恨当今古往一切啊，
为什么都是那样安极。
可是知道我的生命啊，
今天必定要很快死去；
怎能再来爱惜留恋啊，

这明媚日出灿烂日夕！[3]

四

一篇血泪交迸《绝命词》，
悲伤凄惨见忧愤满纸，
追忆嫁到皇家的荣幸，
述说严格自律不自欺，
遭到小人陷害多痛苦，
希望君王谅解空期许，
萧观音句句剖心自陈，
感天动地真可歌可泣。

这篇呼天号地《绝命词》，
道出何等惨悴的心迹：
爱生满怀眷恋和渴望，
恨死痛失今古与希冀；
有着不尽哀伤回顾生，
却无半点犹豫去赴死；
留恋生却也不惧怕死，
坚毅豁达堂堂伟女子！

有人本非诗人写了诗，
说“超越生与死的是诗”。[4]

萧观音赞美壮丽人生，
她的诗超越生的自己；
萧观音长歌惨悴而去，
她的词超越自己的死。
古今的诗人同样怀抱，
古今的诗篇光照天地。

不同凡响的绝命之词，
采用一唱三叹的骚体，
抒发的感情跌宕起伏，
浅白的语言直吐胸臆，
诗技艺纯熟而且高妙，
让人深深地感动不已，
临亡故写出如此诗篇，
谁不为天才陨灭叹息！

长太息啊萧观音的死！
其时已近辽朝的末季，
上层贵族内部的权斗，
正处残酷的火烹水激，
一位高贵的诗人皇后，
面对狡猾的掮客政敌，
被恶狼毒眼死死盯着，
哪能不是悲惨的结局。

为何好人斗不过坏人?
因为那坏人残酷无情,
他们做什么都没底线,
卑鄙是卑鄙者通行证;
为何坏人斗得过好人?
他们不择手段的恶行,
那一套好人做不出来,
高尚是高尚者墓志铭!

萧观音蒙受奇耻大辱,
命她自尽是耶律洪基,
原因是乙辛阴谋陷害,
但根源还在道宗自己,
登位后内部政争不断,
朝廷政治已腐败至极,
耶律乙辛的专权篡政,
皆道宗不明无断所致。

君之重莫过家国臣民,
奸臣毁坏他们而不知,
忠奸不分已到何程度,
腐朽昏庸令好人生气,
他迷醉游猎疏离皇后,

对正言直谏不信不依，
道宗失去的不只皇后，
糟蹋的却是大辽天地。

萧观音含冤受屈而死，
为所有诗人留个祭日，
这一天谁都不会忘掉，
诅咒乙辛之类的贼子，
耶律乙辛笑得还太早，
他忘了害人终将害己，
假作真时真也可能假，
那不过只骗人于一时。

观音不似唐朝杨贵妃，
虽然同样受皇帝专宠，
有过美好的青春岁月，
却长被疏离处孤寂中；
观音与太真做一比较，
相同之处又好似天成，
历史的人物多有奇趣，
她俩连着唐朝和辽宋。

萧皇后诗才北国第一，
杨贵妃舞蹈举世皆惊，

她们时代相隔三百年，
悲惨的结局如此相同——
两个人皆为自缢而亡，
又都是皇上赐的白绫，
一个路过马嵬驿香消，
一个中京大定府玉崩。

两个皇帝名字也相似：
隆基玄宗和洪基道宗，
盛唐发生了安史之乱，
大辽出现了佞臣逞凶，
观音死于奸佞的陷害，
太真死于内起的逼宫，
她们的离世这样巧合，
都是三十六岁的年龄。(5)

观音皇后和太真贵妃，
都有极为悲惨的爱情，
如今多少人知道观音？
又有谁听说她的诗名？
人们到得马嵬坡凭吊，
岂知头顶上有颗诗星，
她缀挂碧落恒久不灭，
清辉永远闪烁在星空。

五

历史的疑问令人琢磨：
萧观音屈死原因者何？
其一耶律乙辛的陷害，
直接造成的巨大罪恶；
其二道宗的昏庸腐朽，
野蛮的本性寡信轻诺。
根本还是当时的现实，
游牧社会的必然结果。

辽代从建立国家伊始，
接受中原的汉族文化，
确定立皇太子的制度，
作为皇位继承的办法，
以前世选不同于世袭，
各部落先把贤能选拔，
各部大人再共同推举，
产生首领为部族当家。

如此传统的世选制度，
对终辽一代影响太多，
始终困扰着皇位继承，
立的皇太子形同虚设；

世选世袭的交错斗争，
如水激火烹你死我活，
多少朝臣和皇室成员，
死在了这种激烈争夺。

重元叛乱与乙辛作恶，
是不服世袭制度逞凶，
猛扑既定的皇权皇位，
无情绞杀美好和德能；
残酷斗争中观音受害，
给契丹文化造成创痛，
中国古代杰出女诗人，
遂成千古一憾的牺牲。

马兰花一夏从开到落，
辽代道宗朝由盛转衰，
衰垂的根源皇帝昏庸，
加速是朝臣争权腐败，
阴谋集团屡屡地得逞，
美好和善良遭受残害，
萧观音冤案铸成恶果，
草原帝国末日即到来。

注：

（1）“生灭了然”“方入圆觉”等语见《楞严经》文。

（2）《般若波罗蜜多心经》共二百六十字，原文为：观自在菩萨，行深般若波罗蜜多时，照见五蕴皆空，度一切苦厄。舍利子，色不异空，空不异色，色即是空，空即是色，受想行识，亦复如是。舍利子，是诸法空相，不生不灭，不垢不净，不增不减。是故空中无色，无受想行识，无眼耳鼻舌身意，无色声香味触法，无眼界，乃至无意识界，无无明，亦无无明尽，乃至无老死，亦无老死尽。无苦集灭道，无智亦无得。以无所得故。菩提萨埵，依般若波罗蜜多故，心无挂碍。无挂碍故，无有恐怖，远离颠倒梦想，究竟涅槃。三世诸佛，依般若波罗蜜多故，得阿耨多罗三藐三菩提。故知般若波罗蜜多，是大神咒，是大明咒，是无上咒，是无等等咒，能除一切苦，真实不虚。故说般若波罗蜜多咒，即说咒曰：揭谛揭谛，波罗揭谛，波罗僧揭谛，菩提萨婆诃。

（3）萧观音《绝命词》原作：嗟薄祜兮多幸，羌作俪兮皇家；承昊穹兮下覆，近日月兮分华。托后钩兮凝位，忽前星兮启耀；虽衅累兮黄床，庶无罪兮宗庙。欲贯鱼兮上进，乘阳德兮天飞；岂祸生兮无朕，蒙秽恶兮宫闱。将剖心兮自陈，冀回照兮白日；宁庶女兮多惭，遏飞霜兮下击。顾子女兮哀顿，对左右兮摧伤；共西曜兮将坠，忽吾去兮椒房。呼天地兮惨悴，恨今古兮安极；知我生兮必死，又焉爱兮旦夕。

（4）见王蒙为四川文艺出版社新版《王蒙的诗》所写前言：《超越生与死的是诗》（载于 2017 年 9 月 8 日《文汇报》）。

（5）杨贵妃（719—756），即杨太真。756年，安禄山以诛杨国忠为名叛乱，玄宗逃奔到马嵬驿，军士以罪过在杨家，逼迫唐玄宗下令缢死杨贵妃。

第十章

惩恶

乙辛诬陷萧观音得逞，
又造假案暗杀了太子，
还想斩草除根害皇孙，
这引起道宗开始生疑：
贬他地方官贩卖禁物，
囚禁他谋反私藏武器，
作恶多端遭到了报应，
被挂上高竿活活吊死。

时候一到终有报，众人指点咒奸臣。　　刘凤山/绘

一

长太息啊萧观音的死，
天地万物俱挥泪淋淋，
草原高山惨惨地长叹，
江河泡淖愤愤地悲吟，
飞禽走兽都扬声鸣叫，
树木花草更低首声吞，
日月星辰竟云遮雾盖，
风雷雨雪也伤神失魂……

皇后的死万人放悲声，
椎心泣泪悲声而兴风，
泪水如注兴风而生波，
生波而掀浪悲愤难平——
人间丢却了善良美好，
世上减少了美丽光明，
诗坛痛失了女中才子，
契丹牺牲了宝贵精英！

萧观音之死上天有眼，
罪魁祸首是耶律乙辛，
萧观音之死人心有数，
耶律乙辛在欺天害人；

对于他的野心和狠毒，
人们深深地切齿痛恨——
他是毒草在毒害草原，
他是害马在伤害马群！

皇后被害的消息传开，
朝廷的内外十分不满，
都知道乙辛阴谋陷害，
多数人敢怒而不敢言，
乙辛一伙实在太狠毒，
陷害无辜是家常便饭，
有人想要把乙辛除掉，
只好在暗中偷偷盘算。

有个护卫名叫萧忽古，
与耶律乙辛不共戴天，
他有回得知乙辛出行，
肯定要经过某个路段，
就事先秘密前往探查，
见路上有桥架在河面，
要豁性命去除掉乙辛，
正好来利用这个条件。

估算乙辛过桥的时间，

萧忽古提前潜伏桥端，
但是天有不测的风云，
忽一阵暴雨河水涨满，
狂涛卷巨浪顺流而下，
眼睁睁桥被洪水冲断，
让乙辛侥幸躲过一劫，
萧忽古说他早早晚晚……(1)

二

萧观音竟然死于非命，
太子耶律濬悲泪滔滔，
失去了母亲痛不欲生，
连连跺脚大声地哭叫：
“害我母亲者耶律乙辛，
天理昭昭他罪责难逃，
日后我若不洗雪此恨，
不为人子遭天诛地暴！”

忽古和太子哪里知道，
诬害皇后何止一个人，
乙辛是夺位集团首领，
他们都想成大辽至尊；
王朝从开始代代这样——

你死我活与我杀你拼，
擒贼先擒王大为应该，
前有陷阱需加倍小心。

耶律濬年轻哪能料到，
乙辛早已经惶恐不安，
他一个同伙向他提醒：
“现在已经有可怕预感，
臣民的心都向着太子，
迟早要替他母亲申冤，
如果有一天太子即位，
我们保命怕已经很难！”

这个狡诈的耶律乙辛，
害死皇后哪能就此止，
下一步计谋隐藏心中，
要趁热打铁急着实施，
狼子野心目标很明确，
太子是必除头号大敌，
砍大树旁及一群小树，
他在运筹正推敲仔细……

他不缺害人害命心机，
很快启动更狠毒诡计，

这回行动分两个步骤，
第一步先打皇上主意，
要安排人贴近他身边，
能为实施第二步保底，
他寻风摸眼找到机会，
向道宗呈上一份奏议：

“帝与后如同天地并存，
东宫之位不可以久旷。”
似乎有道理危言耸听，
获准奏亮出诡秘主张：
党羽驸马都尉萧霞抹，
乙辛极赞其妹妹漂亮，
道宗听信了他的推荐，
完成册封皇后事一桩。

乙辛一手扶皇后上位，
又撺掇道宗大加封赏：
萧皇后的父亲和叔叔，
分别封赵王辽西郡王；
兄原汉人行宫都部署，
加封柳城郡王更风光。
拉上道宗一大帮裙带，
乙辛集团壮大了死党。

打完第一步如意算盘，
乙辛突然遭遇大麻烦，
林牙萧岩寿密奏道宗：[2]
乙辛对太子当政不满，
他与张孝杰相互勾结，
恐怕要图谋篡位夺权，
皇上可要多多地防备，
不能让他居要职为官。

萧岩寿性情刚直尚气，
为人为官上下皆称贤，
道宗听信了他的所说，
贬乙辛中京当地方官，
国舅萧霞抹出面讲情，
道宗又乙辛复官北院，
党同伐异没丝毫客气，
萧岩寿终遭杀身之惨。[3]

党羽营救逃过了劫难，
耶律乙辛就立马开始：
命集团里的一个心腹，
制造谎言诬告皇太子，
说有名有姓一帮朝臣，

已经集结很快就起事，
一举推翻皇上的宝座，
拥立皇太子提前为帝。

一下触痛道宗的神经，
儿子要反他不可思议：
多次对太子叮咛嘱托，
要历练成长琢玉成器；
已经任太子总领朝政，
对其也有接位的期许；
儿子怎么会谋立夺位？
什么人给他出的主意？

一片叶惊知秋天来到，
道宗为此事上火发急，
越急越听信耶律乙辛，
焉知已中了乙辛奸计。
他脑子里忽然又出现——
皇叔武装篡位的记忆，
时过十多年还有后怕，
事情要发生追悔莫及。

道宗怕失去自己帝位，
儿子夺位是天大忤逆，

越是亲人越需要防备，
他就认准了这个死理，
思来想去逃不出昏聩，
对太子抢班产生怀疑，
一万万一都实难所料，
他已经死死蒙在鼓里。

这件事还得倚重乙辛，
紧急命令他立案查实，
一时朝臣们都很紧张，
朝廷上下又风生水起。
乙辛施展一连串手段，
组织人招供参与谋逆，
然后拉他们跪拜皇上，
请求能得到从宽处理。

本假戏被演成了真戏，
前后冤杀一大批朝臣，
道宗昏庸又做件错事，
太子无辜被废为庶民，
命他远远地离开中京，
去到上京临潢府囚禁，
给乙辛深入施展阴谋，
打开了一道方便之门。

太子到上京没有多久，
秘密杀了他一命归阴，
太子妃也没躲过劫难，
接着也成了刀下冤魂，
乙辛假哀伤报告道宗，
说他俩因病遭遇不幸，
又是接连不断地杀戮，
北国已经是地暗天昏。

辽朝宫廷的这场浩劫，
是接公元一〇七五年——
族诛赵惟一斩高长命，
观音屈死的一大冤案，
辽天和辽地刀光剑影，
造假案屠杀大批官员，
太子太子妃接连被害，
乙辛的阴谋环环不断。

道宗受重元叛乱教训，
对自己亲人轻易猜疑，
却对当时利用他的人，
一味宠信丧失了警惕，
他甚至下诏重赏告密，

使诽谤之词烟尘四起，
他昏庸无道达于极点，
与二世宠信赵高何异！[4]

一场又一场的大血案，
沉重打击了辽朝自身，
统治集团的元气大伤，
朝廷的皇威人心丧尽。
耶律乙辛的罪行累累，
道宗埋下惨痛的祸根，
原本盛时已危机四伏，
辽朝的末日即要来临。

三

大康五年正月刚开春，[5]
道宗春捺钵正要出发，
耶律乙辛向皇上奏请，
五岁的皇孙给他留下。[6]
道宗正想要答应乙辛，
一位朝臣要求留在家，
他可以保护皇孙安全，
以防万一出什么错差。

道宗还是带走了皇孙，
但他对乙辛起了疑心：
太子太子妃先后的死，
乙辛报告说都是病因，
他们都还是年纪轻轻，
怎么都忽然一病归阴？
要留皇孙不跟我身边，
难道说存有什么歹心？

别人早就看得很清楚，
乙辛发狠要斩草除根，
可道宗太过固执昏聩，
受乙辛欺骗太久太深。
他此番似乎开始苏醒，
对乙辛信任心起疑云。
过不久又有一件怪事，
他看了以后触目惊心。

那是一次道宗正北巡，
将要驻扎在黑山平淀，
大队的人马浩浩荡荡，
扈从的官属威风八面，
可大多官员紧跟乙辛，
皇上的扈从没有几员，

道宗心里实在是厌恶，
又惊又怕将会出祸端。

万恶的乙辛这个奸贼，
害死皇后太子等要员，
以阴谋手段蒙蔽皇上，
掌朝廷军政一手遮天。
实际乙辛已大大超过——
耶律洪基的皇位威权，
当时流传着“宁违敕旨，[7]
无违魏王帖子”的民谚。[8]

道宗对乙辛疑虑重重，
怕的是皇位有啥危险，
思来想去下一个决心，
贬他从北院到了南院，
接着削去他一字王爵，
混同江王从魏王降迁，
到今朝阳出知兴中府，
贬成了一个地方官员。

离开京城他不甘寂寞，
向国外偷偷贩卖禁品，
道宗下令免他的死罪，

受过铁骨朵刑罚囚禁，[9]
地点就在中京道来州，
即今辽宁绥中前卫镇，
大海波涛时时在谴责，
乙辛罪孽重重的黑心。

做尽坏事哪能得善终，
囚禁中死神也来索命，
乙辛自知大势已去矣，
东山再起已根本不能，
况且手上沾满了鲜血，
几条老命也不够报应，
今之计与其坐以待毙，
倒不如反叛投奔去宋。

机关算尽太过于聪明，
以为反叛能死里逃生，
可刚刚开始做起准备，
就被人发觉他的行动，
没承想天高皇帝不远，
他私藏武器成了铁证，
恶贯满盈的耶律乙辛，
人要惩老天更要严惩。

长长的木杆直刺高空，
怒云在飞卷黑风呼呼，
耶律乙辛被拽上竿顶，
罪恶的一生就此结束。
害人反害己自受其害，
行恶得恶报地灭天诛，
乙辛作恶无不用其极，
活活被吊死死有余辜。

他的帮凶死党张孝杰，
早已经被贬回到家中，
他做贼惶惶不可终日，
他心虚日夜不得安宁，
忽然听个消息吓坏他——
耶律乙辛受到了非刑，
没等到上面前来治罪，
他惊惧不禁哀哀以终。

草原有毒草张牙舞爪，
牛马见它就踏死烂掉，
做事要一向背离人心，
受到报应那只是迟早。
乙辛最终受到了严惩，
没从历史裁决中脱逃，

不但篡位的野心成空，
而且搅乱了契丹王朝。

道宗原本能文更能武，
怕失帝位又极度虚荣，
乙辛利用他这种心理，
骗取信任一步步得逞，
他捏造太子阴谋篡位，
后来道宗知道了真情，
追谥儿子为昭怀太子，
用天子礼仪改葬玉峰。

时光流逝岁月数不完，
观音屈死已经二十年；
花岗岩脑袋冥顽不灵，
道宗仍未疑观音假案；
认为耶律乙辛受非刑，
也与观音的案子无关；
他常出声念诵《多心经》：[10]
“以无所得故……究竟涅槃。”

道宗对乙辛种种罪行，
看重他私藏武器投宋，
对别的大都没有过问，

唯有萧观音心中之痛：
也曾经想要泯灭此案，
事情真相又难以弄清；
就算乙辛办的是冤案，
是自己下的赐死诏命……

他心里像有些许悔恨，
可由于昏庸还未清醒，
虽然处死了耶律乙辛，
观音的冤案仍未澄清。
对耶律乙辛其他同伙，
只有个别人受到薄惩，
大都依然逍遥在法外，
朝野弥漫混乱的恶风。

这种恶果也势所必然，
道宗昏庸又实为可怜。
乙辛谋害了皇后太子，
先后株连了多少官员！
在冤案真相大白之后，
他还犹豫未显出果断，
后事由他孙子开杀戒，
可辽朝已经气息奄奄。

注：

（1）《辽史》卷99《萧忽古传》。

（2）林牙即翰林学士，由于辽的情况，有时林牙也带兵打仗。

（3）《辽史》卷29《萧霞抹传》。

（4）《史记·秦始皇本纪》：“赵高欲为乱，恐群臣不听，乃先设验，持鹿献于二世，曰：‘马也。’……后群臣皆畏高。”

（5）即1079年。

（6）即被耶律乙辛杀害的皇太子之子，名耶律延禧，1075年生，1101年接道宗即位称天祚帝，辽朝亡于他手。

（7）敕旨，皇上的圣旨。

（8）清宁七年（1079年），道宗任命耶律乙辛为知北枢密院使事，并封为赵王；清宁九年（1081年），加封为太子太傅、北院枢密使，晋升为魏王。

（9）耶律乙辛被囚禁来州，即今辽宁绥中前卫镇，滨渤海。

（10）即《般若波罗蜜多心经》。

第十一章

昭雪

道宗佞佛并身体力行，
观音冤案没彻底澄清，
他孙子耶律延禧继位，
对报仇雪恨十分看重：
从墓中请出祖母骸骨，
与祖父道宗合葬庆陵；
掘开乙辛及同党的坟，
碎尸万段籍没其家庭。

白塔护佑庆云山，诗魂千载唱大千。　　刘凤山/绘

一

辽道宗在位四十七载，
畋猎游冶耗费大半生，
昏庸怠惰又享乐腐败，
宠信的佞臣恣意横行，
皇后和太子都被谋害，
他仍然没有一点觉醒，
直到发现乙辛要叛逃，
方对他治罪给予严惩。

契丹同北方民族一样，
本来信的教原始萨满，
老人逝世后不许哭泣，
尸体送树上停放三年，
然后把骸骨取下焚烧，
这是萨满教明显特点，
阿保机立国学汉文化。
佛教才开始广泛流传。

到得圣宗朝佛教大盛，
兴宗时期更别开生面，
道宗时佞佛之风极甚，
全国信佛教达于空前；

三朝兴修众多的佛寺，
有不少著名佛阁佛殿，
建造的佛塔遍布各地，
至今仍为辽文化景观。

现在河北蓟县独乐寺，
观音阁建筑秀美非凡；
同是在圣宗朝代建造，
辽宁义县奉先寺大殿。
今京华天宁寺的砖塔，
其造型优美令人赞叹；
辽宁北镇城东崇兴寺，
双塔如姊妹并肩云端。

美哉山西大同华严寺，
创建于道宗清宁八年，
那是萧观音陪同皇上，
巡视西京以后所兴建，
奉安诸先帝石像铜像，
规模宏大且非常壮观，
萧观音赞美这一盛举，
其家国情怀丹心一片。

著名的山西应县木塔，

辽道宗登基次年建完，
塔内有萧观音的画像，
她浓眉秀目朱唇粉面，
发髻高高手端着瓶花，
那衣带飞举飘飘欲仙，
美丽皇后遗下的玉影，
似佛光千载普照人寰。

要大书特书辽宁锦州，
旧城中有座大广济寺，
寺前矗立雄伟的辽塔，
砖体密檐八角十三级，
公元一〇五七年建成，
塔高蹦巧为五十七米，
观音当皇后的第三年，
她曾否出席落成典礼？

道宗沉溺佛教不自拔，
稀里糊涂地应付朝政，
甚至在皇宫内院设坛，
常常是亲自讲说佛经，
还请闾山的高僧志达，
进宫说经传法于众生，
更广印佛经建筑寺塔，

劳民伤财已民怨沸腾。

由于道宗的身体力行，
辽国佞佛风达到极盛，
春州泰州宁江州三地，
一天三千人落发为僧，
奏报一年供饭的僧侣，
竟达到三十六万之众，
当时全辽七百万人口，[1]
食众生寡国家已困穷。

道宗不管那民怨民声，
终老不倦于四时游幸，
在他七十岁那年春天，
来到捺钵所在的行宫，
在今吉林的松花江边，
溘然离世而正寝寿终，
随行的孙子耶律延禧，
灵柩前即位延续正统。

就在萧观音冤死那年，
耶律濬十八延禧出生；
乙辛害死耶律濬那年，
延禧是刚三岁的幼童；

他小时候差点被害死，
在乙辛罗网虎口余生；
他登位已经二十六岁，
天祚皇帝是群臣尊称。

初春吉林的查干湖面，
茫茫无边晶莹的厚冰，
当年道宗和观音临此，
头鱼酒宴上歌舞不停；
天祚帝年年前来捺钵，
养尊处优又无德无能，
不分好坏地任用大臣，
光只看对他是否效忠。

他终日沉湎酒色畋猎，
拒谏饰非又不问国事，
朝廷上下已人情怨怒，
任用小人使纲纪废弛。
天祚帝的文妃萧瑟瑟，
擅长歌诗有名的才女，
因为他荒政沉溺畋游，
乃作歌忠心劝谏讽喻。

萧瑟瑟诗中直言激切，

告诫别像亡国的二世——
可怜宫中的那秦天子，
还不知国家已陷危机。
天祚帝一见勃然大怒，
再加上奸佞谗言语激，
无端赐死文妃萧瑟瑟，
如同道宗赐萧观音死。(2)

萧瑟瑟同萧观音一样，
皆为才华横溢的诗人，
有的著作谈辽代文学，
对瑟瑟诗评恰如其分，
言其反映辽末的黑暗，
表现忧国忧民的诗心，
但把萧观音给忽略了，
只见树木而未见森林。(3)

天祚帝统治二十多年，
国内渐大乱民不聊生，
朝廷上内讧众叛亲离，
辖下各民族载道怨声，
唐亡的那年契丹立国，
到天祚渐入风雨飘摇，
女真人不堪欺压凌辱，

起兵很快把辽朝葬送。

二

天祚帝昏庸腐败程度，
实实不亚于爷爷道宗，
他的仇恨心理却更深，
把报仇雪恨十分看重，
他从小已经牢牢记住，
报杀父之仇地义天经，
待他刚刚接过了大权，
严命按下面一切施行：

首先为祖母含恨屈死，
平反昭雪恢复其声名，
真做假时天地也哀泣，
观音蒙冤受辱一扫清；
追谥其父昭怀太子为——
大孝顺圣皇帝号顺宗，
其母萧氏为贞顺皇后，
双双被害冤案得纠正。

当年观音裹尸送回家，
今从坟中请出整尊容，

重着皇后的盛服端庄，
又戴威仪的凤冠凝瑛，
追谥祖母为宣懿皇后，
与祖父道宗合葬庆陵，
率领皇后皇族和外戚，
循陵三匝而奠祭隆重。

被耶律乙辛诬陷的人，
恢复他们的官爵俸饷；
含冤籍没为奴隶的人，
恢复原籍后一切如常；
被流放边疆各地的人，
下令放回各从其所长；
处死耶律乙辛的党羽，
把他们子孙流放边疆。

掘开耶律乙辛的坟墓，
刀戮他尸体毁他棺床，
把他的家属都分赐给，
他杀害的人家做报偿；
也掘开张孝杰的坟墓，
戮他的尸体毁他棺床，
把他的家属全部都是，
籍没为奴隶承受其殃。

萧观音冤案史所罕见，
最终她孙子为其平反，
从她屈死离世时候起，
已整整过去二十六年，
这样的事情世上少有，
真十分可悲而又可怜，
每当提起萧观音皇后，
谁能不为之一唱三叹！

天祚为祖母父母昭雪，
本是个好事人心大快，
但复仇行为有点过火，
“怨毒之于人”已“甚矣哉”，(4)
因仇恨造成新的摧残，
使人性悲剧接踵重来，
历史可不是为了复仇，
天祚则相反必受其害。

三

辽朝历二百一十九年，
游牧社会有了些改观，
思想文化向中原学习，

礼仪制度更大步就范，
皇帝陵墓的建筑形制，
大有中原帝陵的特点，
地面上规模设施宏大，
地宫里奢华珠光璀璨。

太祖祖陵在巴林左旗，
右旗有太宗穆宗怀陵；
北镇的医巫闾的山里，
世宗与父东丹王显陵；
今天的辽宁北镇西南，
是景宗天祚帝的乾陵；
巴林右旗的庆云山中，
圣宗兴宗道宗的庆陵。

庆陵所处原名永安山，
林木茂密又草色清幽，
皇帝常到来畋猎避暑，
圣宗陵墓选这里兴修，
山名由此就改为庆云，
为守陵建城设了庆州，
兴宗为母亲建一座塔，
成为草原突起的奇秀。

辽代遗留的这座古塔，
堪称是件艺术的瑰宝，
它砖木结构八角七级，
有七十三米多的通高，
塔体的造型玲珑秀美，
塔身的浮雕精湛妖娆，
守卫着庆云山的皇陵，
如空中楼阁傲视云霄。

庆云山半腰三个山头，
从东到西有三座陵墓，
东边圣宗的叫永庆陵，
兴宗永兴陵在中间处，
西边永福陵也称西陵，
由天祚皇帝诏令公布：
爷爷和奶奶合葬于此，
萧观音终于回返宫庐。

东中西三陵统称庆陵，
建造时正值辽朝鼎盛，
物资丰厚且艺术精湛，
辉煌壮丽真不虚其名。
但经过一千多个寒暑，
历经漫长的金元明清，

遭受破坏又失去保护，
在山林默对雨雪霜风。

民国初年的军阀混战，
吏治腐败时盗墓成风，
此时庆陵三座墓被盗，
地上地下的文物已空，
后来又不断遭受破坏，
军阀和日寇盗掘无情，
庆陵已经是体无完肤，
深山老林中空余幽灵。

四

道宗和观音的永福陵，
深藏庆云山茂密林中，
陵的墓室早已经坍塌，
塌方处变成几个大坑，
陵前献殿犹斑斑可考，
绿琉璃瓦片时令人惊，
散乱堆积的那些辽砖，
没年轮也知它的年龄。(5)

由于经过多次被盗掘，

永福陵早就洗劫一空。
后来在地下掘得哀册，
共四合分属观音道宗，
每个人两合都分别是——
契丹小字和汉字两用，
帝后皇储墓志称哀册，
正方形刻石平放墓中。

观音的墓志铭刻石上，
滚荡的烟云迷漫其中，
她是那个时代的歌手，
却不为奸邪罪恶所容，
永福陵是她归身所在，
哀册记载着她的生平，
它是公元一一〇一年，
观音入葬的金石明证。

这篇《宣懿皇后哀册文》，
以美好词句歌颂观音，
称赞她懿德载念宠渥，
叹息她不幸失于奸臣，
青蝇旧污已经知妄了，
白璧清辉正弥足可珍，
如金石之音默而复振，

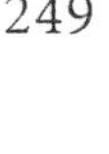

如镜鉴之彩昏而复新。[6]

大辽观音皇后的哀册，
不是一方普通的石头，
动人神思契丹字镌刻，
高妙诗魂用汉字铸就，
已历经千载字迹犹新，
时间再长也不会腐朽，
现今陈放在博物馆里，
诉说着她的爱恨情仇。[7]

庆云山头缭绕的白云，
千年前曾经在此飘飞，
目睹重着后服的观音，
被请进新的地下宫帷；
山下日夜不停地呜咽，
是查干沐沦河的流水，
同路过此处的人一起，
千载为观音淌着热泪。

查干沐沦长长的流水，
飞扬的浪花连接古今，
那是观音在深情歌唱，
向我们倾诉善良的心；

庆云山上蓊郁的林木，
作响的松涛声传美韵，
那是我们诵观音诗篇，
止不住激动思绪翻滚……

注：

（1）辽道宗中期，全辽为 97 万户，750 万人口。

（2）天祚帝文妃萧瑟瑟，聪颖娴雅，沉静寡言，幼好文墨，擅长歌诗。她为天祚帝穷奢极侈、喜游畋猎、任用奸佞、纲纪废弛而写诗表达忧国忧民之情。她的上天祚帝《咏史》诗云："丞相来朝兮剑佩鸣，千官侧目兮寂无声。养成外患兮嗟何及，祸尽忠臣兮罚不明。亲戚并居兮藩屏位，私门潜畜兮爪牙兵。可怜往代兮秦天子，犹向宫中兮望太平。"帝见诗怀恨在心，终因听信谗言赐文妃死。

（3）见杨树森《辽史简编》第 299 页（辽宁人民出版社 1984 年版）。

（4）见《史记·伍子胥列传》。

（5）见刘凤翥著《遍访契丹文字话拓碑》第 131 页（华艺出版社 2005 年版）。

（6）见刘凤翥《十香词与宣懿皇后冤案》所引汉文"宣懿皇后哀册文"（原载李品清主编《阜新辽金史研究》第五辑，中国社会出版社 2002 年版）。

（7）刘凤翥《遍访契丹文字话拓碑》第 28 页：“1930 年，当时热河省主席汤玉麟的儿子汤佐荣又组织人力对辽庆陵进行盗掘。……从辽道宗耶律洪基的永福陵（俗称西陵）中掘出了辽道宗的契丹小字与汉字的哀册各一盒、宣懿皇后的契丹小字和汉字哀册各一盒。”现在由辽宁省博物馆收藏。

第 十 二 章

诗的女神

历数中国古代女诗人，
蔡琰李清照最为知名，
与观音同样不为人知，
还有清代文豪陈端生，
她们四位是诗的女神，
是诗国里的四颗巨星，
她们的诗作光辉灿烂，
永远辉耀在诗国星空。

四位古代女诗人，诗空辉光照古今。　刘凤山/绘

一

查干沐沦河畔的庆陵，
观音的骸骨已无踪影，
她的诗魂还住在这里，
天也灵灵啊地也灵灵；
她爱恋这里已经千年，
是颗光耀寰宇的诗星，
在庆云山顶照亮长夜，
在查干河边伴日东升。

翻开中国古代诗歌史，
众多女诗人有如繁星，
知名不知名的数不尽，
都是中华文明的光荣，
那些公认的知名者们，
主要的少说也有十名，
她们的诗情感动当世，
她们的诗篇今犹传颂。

春秋时期的许穆夫人

生在春秋时期的卫国，
嫁于许国的国君穆公，

北狄侵卫面临着危亡，
为救祖国她遭受苦痛，
留下爱国的诗作三篇，[1]
收录《诗经》的国风之中，
她的诗篇比屈原《离骚》，
要早三百多年的光景。

东汉末年的蔡文姬

汉代文学家蔡邕之女，
战乱年代流亡南匈奴，
博学才女更思念故国，
十二载曹操金璧回赎，
中国诗史的一树丰碑，
古代女诗人才品杰出，
《胡笳十八拍》和《悲愤诗》，
真情穷切而激荡千古。

西晋的左芬

左芬同她的哥哥左思，
都才华横溢擅长诗文，
她因诗写得非常优秀，
被选为妃嫔进入宫门，

又因为长相很是丑陋，
只是晋武帝御用文人，
诗写啄木鸟寄寓自己，(2)
其生动感人流传至今。

东晋的谢道韫

谢道韫出自名门望族，
书法家王羲之的儿媳，
才学过人又品味高雅，
神清散朗有林下风气，
《三字经》里说她“能咏吟”，
于今留存只有两首诗，
她的《泰山吟》气度非凡，
真乃不让须眉女才子。

唐代的薛涛

她本长安人流寓蜀中，
八岁能诗把当世震惊，
入乐籍成为歌妓清客，
唱和交往皆诗有大名，
以清词丽句关怀民瘼，
对守边之苦深切同情，

写诗自制桃红色彩笺，
吟诗楼栖息吟咏而终。(3)

唐代的鱼玄机

极有才思尤工于诗歌，
为人妾遭受大妇不容，
出家咸宜观做名道士，
大开艳帜遂车水马龙，
她写诗大胆而又开放，
作品一卷存《全唐诗》中，
因为和丫鬟争宠杀人，
被斩才二十四岁年龄。(4)

唐代的上官婉儿

武则天赞赏婉儿才气，
让她掌管宫中的诰命，
无宰相之名实为宰相，
对皇家处处曲意逢迎，
写的诗优美无与伦比，
唐后宫最有魅力女性，
只可叹一生传奇坎坷，
皇权斗争中无谓牺牲。

唐代的李冶

貌美天赋高极有诗才，
少小出家为道士女冠，
她生性浪漫尤工格律，
酬唱的诗人尽都超然，
事男女社交坦坦荡荡，
如此的女子世所罕见，
京城政治斗争太残酷，
因赠诗杀身可叹可惨。（5）

宋代的李清照

她是婉约派代表词人，
写的诗却又豪迈雄浑，
前期委婉抒闺中之情，
后期沉痛寄亡国之心，
欣赏她作品感情真挚，
赞佩她胆识穿透层云，
可怜背井离乡孤寂去，
空留纪念室大明湖滨。

宋代的朱淑真

世称朱淑真红艳诗人，
常与李清照相提并论，
都知欧阳修《生查子》词，
其实词的作者朱淑真，
她的词大胆香艳露骨，
缠绵悱恻更意切情深，
婚姻不如意抑郁而终，
青芝坞青冢独向黄昏。[(6)]

纵观十位古代女诗人，
许穆夫人蔡琰李清照，
她们诗词的家国情怀，
诗史里篇章辉煌闪耀；
其中有三人死于非命，
尽管诗作都非常高妙；
另四位都是难得诗才，
可惜留存的作品很少。

中国古代女诗人当中，
蔡琰李清照最负盛名，
她俩人身世妇孺皆知，
她们的诗词家传户诵。

如果论起诗歌的成就，
有人能够同她俩相称，
但是她不为人们所知，
这位女诗人是陈端生。

二

湖山风光旖旎的杭州，
陈端生生于西子湖边，
其祖父雍正年间进士，
称文章宗匠为世所传，
父亲乃乾隆时期举人，
诗文学问是渊深源远，
端生受家学熏陶影响，
擅吟咏诗才令人赞叹。

她十八岁时进了京城，
住处的房舍雕梁画栋，
静坐芸窗回忆起旧事，
闲绪新愁毫端千古情，
开始戏写新词《再生缘》，
十六卷未用三年完成，
已经洋洋六十余万字，
这时候还在待字闺中。

陈端生二十三岁出嫁，
婚后第六年天降祸端，
丈夫科场案谪戍新疆，
又母亲病故心伤肠断，
振作起精神重操笔墨，
再翻旧稿长篇续短篇，
用一年第十七卷写出，
全书未完成撒手人寰。

《再生缘》故事中心人物，
元代昆明才女孟丽君，
总督皇甫与豪族刘家，
只因她貌美两家争聘，
她拒婚女扮男装进京，
中状元官得相位之尊，
事暴露皇上逼她为妃，
经周旋终与皇甫成婚。

《再生缘》乃为一部弹词，
是篇六十万字叙事诗，
语言形式用七言排律，
文辞优美极富有诗意，
情节和结构波澜起伏，

心理描写尤深刻细腻，
诗篇的艺术成就很高，
非一般弹词作品能及。

陈端生的《再生缘》写出，
便在民间广泛地流传，
现在流行的八十回本，
是梁德绳许宗彦续完，
梁也是杭州有名才女，
同其丈夫续写后三卷，
全书呈现大团圆结局，
情绪和气氛更为饱满。

国学大师陈寅恪评说，
《再生缘》文学价值极佳，
弹词的作品很多很多，
它的文采却难觅其他，
艺术成就达到的程度，
七言排律不在杜甫下，
作为鸿篇巨制的史诗，
可以媲美印度和希腊。[7]

郭沫若读了陈的文章，
初对陈说法感到惊讶，

待着迷地读完《再生缘》，
不但赞同还有新评价：
杰出作品是无尾神龙，
南缘北梦同时代生发，
陈端生世界级的文豪，
她是一位天才的作家。(8)

可是过去二百多年里，
无人识珠一直被冷落——
虽然具绝代才华之女，
竟忧伤死后身名淹没，
孟丽君女扮男装故事，
广泛流传南方和北国，
却没有人知道《再生缘》，
没人知道弹词的作者。

三

仙草深藏在幽山邃谷，
珍珠沉埋于旷野深坑，
世上的万事无独有偶，
观音与端生命运相同，
她们前后相隔七百载，
今很少人知观音之名，

更有的漠视辽代文学，
对观音的诗很为看轻。

倒是辽代文学的发展，
没能够赶上中原地区，
却非仅仅模仿唐五代，
勉强排比典故弄词句，
内容不光写宫廷生活，
艺术上也非生硬协律，
说文学本身价值不高，
皇皇大论已不可理喻。[9]

也还有一些文史著作，
评辽代文学寥寥数语，
虽然提到了观音的诗，
对其成就仍大为贬低。[10]
历来中原王朝是正统，
突破此观念实属不易，
北方民族的草原文化，
有人仍然对其看不起。

只看重高山苍松翠柏，
却罔顾朔漠劲草鲜花，
须知南和北地域不同，

定然各方面万别千差，
但千年前的契丹民族，
吸收中原的汉族文化，
共同创造中华的文明，
他们的贡献不容抹杀。

因严禁图书传入中原，
辽代的诗歌很少流传，
从仅存的不多的作品，
看其赋诗应答的场面，
还有诗赋取仕的制度，
其繁荣盛况可以想见——
继唐宋之风中原诗体，
具有鲜明的民族特点。

有人为端生高声呐喊，
也应为观音大鸣不平，
千年前辽朝随风远去，
她被岁月久久地尘封，
她用汉字写下的诗词，
似珠如玉被埋在土中，
哀叹诗史缺应有篇章，
悲悼契丹的民族精英。

道宗赞观音“女中才子”，
契丹诗人中公认第一，
她没世正当盛年壮岁，
屈死于奇冤天地悲凄，
唯有留存的诗词作品，
可窥见她的心灵美丽，
她的诗皆为上乘之作，
每一首都有奇思妙句。

观音现存的十四首诗，
大体具备古诗的诸体，
有五律七绝和骚体赋，
还有自度曲的一组词，
运用的形式大胆创新，
表现的内容神哭鬼泣，
诗史中的杰出的诗人，
真知灼见者肯定无异。(11)

想到观音联想起端生，
她们擅吟咏才华横溢，
同为女诗人里的翘楚，
堪比李清照和蔡文姬，
四位女诗人四颗巨星，
在银河闪烁辉光熠熠，

她们都是诗歌的女神，
都为诗国增添了绚丽。

乱世泪鞍马胡汉一家，
抒悲愤无尽声咽胡笳；
宗婉约漱玉人杰鬼雄，
晓雾连云涛影没天涯；
赋弹词惊叹南缘北梦，
虽湮没声名创作奇葩；
遭诬陷屈死女中才子，
诸体诗完备辉耀中华。

辽代诗歌皇后萧观音，
是诗的女神灵光闪烁。
圣明先哲说神与上帝：
我是唯一的又无限多，
不管那形式形态面貌，
所有显现也尽皆是我。（12）
观音讴歌往昔的契丹，
今天得胜赏古老王国。

五月初五是观音生日，
这天百姓们祭奠屈子，
他行吟泽畔自沉汨罗，

他洁白精忠深思高举；
辽天辽地懿州的巨塔，
齐向北国和南朝报喜——
银河又升起一颗亮星，
诗国又降生一名才女。

就在每年的五月初五，
在观音的故乡塔营子，
巍然高耸的懿州古塔，
向汨罗江水遥遥致意，
楚国和辽朝上下千载，
南天与北土分为两地，
爱国的诗篇接续不断，
高贵的情操生生不息。

现在读萧观音的诗词，
其家国情怀感天动地——
她歌颂大辽宏图胜概，
赞美契丹民族的伟绩；
她鞭笞奸邪们的罪恶，
痛斥昏庸无道的卑鄙；
她坦荡度过短暂一生，
毫不畏惧面临的屈死。

观音的那篇绝命之词，
体如离骚且气似屈原，
楚天辽地相距数千里，
时光荏苒也已过千年，
诗人的命运相似乃尔，
精神情操则一脉相传，（13）
懿州的辽塔恒久屹立，
汨罗江流水悠悠不断……

注：

（1）许穆夫人，姬姓（名不详），公元前690年出生在卫国，因嫁给许国许穆公，故称许穆夫人。她是我国见于记载的第一位爱国女诗人。《诗经》中收录了她的《竹竿》《泉水》《载驰》等三篇十二章诗作。

（2）左芬的诗仅存两首，其中一首《感离诗》，载于《艺文类聚》。另一首为著名的《啄木诗》，因为啄木鸟是一种很丑陋的益鸟，所以这首诗被认为是左芬寄情所作。

（3）薛涛（约768—808），唐代女诗人，居浣花溪上，自造桃红色的小彩笺用以写诗，后人仿制称为“薛涛笺”。在距杜甫浣花草堂不远的成都近郊，至今还耸立一座薛涛“吟诗楼”，那是薛涛晚年栖息吟咏之地。

（4）鱼玄机，唐代诗人，长安人。性聪慧，好读书，有才思，尤工诗歌，与李郢、温庭筠等有诗篇往来。鱼玄机诗作大胆、多情，她几乎不掩饰强烈的感情和独特的思想，欢喜、悲哀、忧郁、柔情都坦荡荡地跃然纸上。因为和丫鬟争宠，她把丫鬟打死了，因而被斩首。

（5）李冶生于唐玄宗开元初年，浙江吴兴人。她容貌俊美，天赋极高，从小就显露诗才。在十一岁时被送入剡中玉真观中做女道士，后栖身开元寺，与许多诗人鸿儒交游，酬唱很多。当时超然物外的知名作家陆羽和释皎然均同她意气相投，著名诗人刘长卿也与她有密切联系。在京城，李冶又结交朋友，赠送诗文。京城的政治斗争复杂，她的一次很平常的赠诗竟然惹下了杀身之祸。

（6）朱淑真，宋代女词人，生存年代一般认为是南宋，也有人说是北宋人。其诗词多抒写个人爱情生活，早期笔调明快，文辞清婉，情致缠绵，后期则忧愁郁闷，颇多幽怨之音，流于感伤，后世人称之曰“红艳诗人”。作品艺术成就颇高，后世常与李清照相提并论。相传因父母做主，嫁给一文笔小吏，因志趣不合，婚后生活很不如意，抑郁而终，其墓在杭州青芝坞。

（7）指古印度的两大史诗《摩诃婆罗多》和《罗摩衍那》与古希腊荷马史诗《伊利亚特》和《奥德赛》。

（8）陈端生（1751—约1796），字云贞，号春田，浙江钱塘人（今杭州市）。清乾隆年间杭州女诗人，被誉为“天才作家”。她所著六十万字仍未完稿之长篇弹词《再生缘》，郭沫若认为与同时期曹雪芹的《红楼梦》相比，“可以说‘南缘北梦’”。陈寅恪、郭沫若评价陈端生和《再生缘》的文字，见经郭沫若

校订完成、陈寅恪与郭沫若共同品评的陈端生《再生缘》校订本（北京古籍出版社 2002 年版）。

（9）见《中国文学史》（二）之 696～697 页（中国社会科学院文学研究所中国文学史编写小组编写，人民文学出版社 1979 年版）。

（10）见《中国通史》（第六册）之 137～138 页（人民出版社 1979 年版）。

（11）袁行霈先生主编的《中国文学史》评价说："辽诗中最能见出特色，也最能动人心弦的当是契丹女诗人萧观音、萧瑟瑟的作品。"尤其是萧观音，因其文学成就较高，1986 年版《中国大百科全书·中国文学卷》于辽代作家中仅列其一人，能够得到如此高的评价，可谓实至名归。

（12）见毕天骥和初佩君的聊天记录。在《何新访谈录——哲学与宗教》第 265 页，引有美国作家尼·唐·瓦尔施转述黑格尔关于神、上帝的言论："不论我以何种形式显现，不管我选择什么形态，什么面貌，那都是我，我是唯一的，又是无限多的。"

（13）公元前 278 年，屈原行吟泽畔，自沉汨罗；1075 年，萧观音写《绝命词》后悬梁自尽。

尾 歌

南方飞回来的大鸿雁，
在生身故土亲热降落，
我从天涯海角飞回来，
一见到故乡泪雨滂沱，
年少的时候离你远去，
走过多少山水和城郭，
不管到哪里也思念你——
养育了我的土地山河。

就在我出生地的近处，
有个水木狼林的山窝，
地方名字叫作王坟沟，(1)
一位诗歌女神曾住过，
当年她的陵寝多辉煌，
当年她的声名多显赫，
今天我回到故乡大地，
找寻她的踪影和传说。

我在故乡乘轻车漫游，
寻觅草原帝国的遗踪，
契丹族已经古久破散，

历史上空留一些姓名，
唯有萧观音形神俱在，
不像已经滑过的流星，
她那颗诗的圣洁灵魂，
至今光照灿烂的诗空。

我抚摸故乡思绪沉沉，
一步一步地丈量古今，
广袤的河山如诗如画，
处处回荡历史的足音，
山川草木都像在歌唱，
讴歌家乡的诗歌女神，
她距今天虽然很遥远，
我们离她却很近很近。

山川在天际起伏蜿蜒，
云影飘飞在辽天辽地，
花光映照无边的原野，
草色染绿那丘土河溪，
大自然风貌千年可变，
契丹人何处留下踪迹？
我向那几座古塔盘问，
我在那几处陵墓寻觅。

这就是我梦中的潢水，
北岸的村子西樱桃沟，
唐建城池设立都督府，
是管契丹族事务机构，
辽太祖在此完葺故垒，
迁民冶铁建立了饶州，[2]
这里可有萧观音足迹？
驱车闪过我思绪悠悠。

这是亲爱的嘎斯汰河，[3]
清清流水入查干沐沦，
年幼时我捧河里水喝，
就像吃母乳那样亲近，
观音陪道宗四时捺钵，
河岸留下坐骑的蹄印，
只可惜千年风霜雨雪，
到哪里也定难找难寻。

走过潢水河源第一桥，
顺流而下迤逦向东行，
欣然见到了石桥旧址，[4]
心潮不由得翻滚沸腾——
上京到中京必经之处，
多见于宋使记述之中，

萧观音往来南北各地，
抚栏曾照美丽的面容。

为了一睹木叶山真容，
来到翁牛特旗的北部，
实不幸天公很不作美，
雨暴沟满阻断了山路，
前方应是木叶山所在，
可云纱遮盖倩影模糊，
观音被洪基娶为王妃，
第一次到此祭告先祖。

我往南行行再往南走，
一座塔立如擎天巨柱，
她是圣宗朝初期所建，
凌空高矗中京大定府，
大明塔辽代文化象征，
今天其壮美依然如故，
当年册立萧观音皇后，
塔下宫帐已化为丘土。

在我的故乡林西之东，
是巴林旗的一左一右，（5）
这里是大辽中心地带，

观音当了二十年皇后，
她攀登过的山峦仍在，
她穿越过的沙滩依旧，
河水流淌着她的琴音，
草原闪动着她的衣袖。

来到林西县的最北边，
眼前是茫茫大水波罗， (6)
只见青草连天天连草，
云影飞过蓝天更辽阔，
这里就是辽代伏虎林，
辽道宗猎虎气压山河，
观音应制诗脱口而出，
乃女中才子称誉北国。

我外祖母家所在鹿山，
童年记忆中那么巍峨，
崖壁上鹿影今已不见，
修路炮震山崖石碎落，
这里是辽代孝安县治，
庆州下辖三县的一个，
四方古城的故垒仍在，
观音曾几次在此经过？

眼前就是辽朝的庆州，
那著名白塔映入眼眸，
它在我外祖母家东边，
才几十里远一座山后，
我却头一次亲眼见到，
出人意料的美丽俊秀，
它曾经看到这里迎送——
装殓观音骸骨的灵柩。

来到了啊终于来到了，
峰回路转来到王坟沟，
庆云山横亘不远天边，
群峰连绵拱卫在左右，
山脚停下车徒步而行，
一截断碑指明了前路：
东走是去东陵和中陵，
要去永福陵往西行走。

往西走走再往西看看，
荆榛遍布已找不到路，
当年观音与道宗合葬，
定是车水马龙的坦途，
今见山坡上林木莽莽，
何处向往已久的陵墓？

峻岭高山笼罩着神秘，
诗神姿影似隐隐而出……

庆云山下我踟蹰低首，
过往的烟云萦绕心头，
作恶只能是一时得逞，
受屈的自有人心护佑，
滥施阴谋诡计的人们，
到头掘棺砸尸骨抛丘，
含冤而屈死的萧观音，
万民怀念她无止无休。

我回到故乡四处探访，
我在那故纸堆里寻找，
陌生的辽朝同我畅谈，
闪亮的诗星向我微笑；
这词冤诗魂时常入梦，
梦中她的诗辉光闪耀，
她和众多诗人的星群，
让诗的国度圣美多娇。

我踏着故土热血苏苏，
萧观音诗魂伴我行走，
那草地上洒满的露珠，

如她诗句般晶莹剔透；
那山林里歌唱的百灵，
有她诗韵一样的歌喉；
故乡如画的山河大地，
是她诗情织出的彩绸……

她的诗魂诗韵伴着我，
见如火的夕阳晚云收，
回首林中观音陵墓处，
几段残垣多少梦幽幽，
不时夜空银河星灿烂，
最亮一颗随车照我走，
长夜过后是美丽之晨，
陪我一直走到天尽头。

走到天尽头呐天尽头，
引吭高歌畅快而自由；
唱的是观音不朽诗篇，
为诗坛增添灿烂锦绣；
唱的是契丹民族骄傲，
大辽有一位诗歌皇后；
歌唱北国亦堪比南朝，
辽和宋都有辞章高手。

走在故乡古老的土地，
多少往事萦绕在心头，
千年岁月像白驹过隙，
往事一闪而过迹难留，
当年这里的辽天辽地，
有过我们的观音皇后，
她的爱恨情仇仍然在，
她爱这片乡土还依旧。

我在故乡尽情地云游，
内心盘绕的思绪悠悠，
同山野草木回忆古往，
与万朵鲜花共斟美酒，
和草原熏风一起举杯，
向着大辽的诗歌皇后，
献上乡土的千年思念，
献上今天的深情问候！

一千年前的契丹王朝，
场场内讧削弱了自己，
观音同腐朽保守斗争，
为家国臣民安乐生息，
她诗文品格纯洁崇高，
她精神气质可歌可泣，

她蒙冤受屈亘古未有，
她镇定赴死感天动地……

我一生多时四处游走，
身心疲惫只剩下乡愁，
回到故土又生发活力，
赤子情怀令精神抖擞，
用草原长调谱写长歌，
吟唱大辽的诗歌皇后，
长歌缭绕于辽天辽地，
伴朔漠江河永远奔流！

我生身故土有座红山，
因红山而得赫赫美名，
庞大辽朝设五个京都，
上京和中京都在赤峰。
观音的诗皆写于此地，
这里遍布着诗的精灵；
历史的时空穿越千载，
世代铭记观音的诗情！

草原的羔羊跪吃母乳，
归来的游子礼敬苍穹，
捧心奉上赞观音长歌，

它在故乡将家传户颂，
让这长歌伴着萧观音，
每天迎接红日的东升，
让诗的女神永远永远——
佑护大地的幸福安宁！

注：

（1）王坟沟，在庆州古城址北15公里处，即庆云山上庆陵所在之地。

（2）《林西县志》（1999年版）“辽饶州遗址”：“这座古城遗址，唐初为饶乐都督府，贞观二十二年（公元648年）改称松漠都督府。辽太祖完葺故垒建立饶州。”《辞海》（1979年版）“松漠”：“唐羁縻都督府名。以契丹部置。辖境约当今内蒙古自治区西拉沐沦河流域及其支流老哈河中下游一带。”

（3）嘎嘶汰河，从林西县城南流过，东入北来的西拉沐沦河支流查干沐沦河。

（4）石桥旧址，即契丹国初建于潢河（即今西拉沐沦河）上的石桥，是从上京临潢府通往中、南、西三京渡河咽喉。北宋苏辙等人使辽达上京，皆经过此桥，遂使潢水石桥名扬天下。后桥被洪水冲毁，其遗址在陈家营子附近。

（5）即巴林左旗、巴林右旗。

（6）大水波罗，在林西县西北端，现为牧场。

后 记

此稿问世，如释重负。回首写作原委，说来话长。

我祖籍河北遵化，生于内蒙古赤峰林西。少小时候，对家乡人文历史一无所知。1949 年春，离乡远走，之后多年先后在天津、锦州、北京诸地求学，始知朔漠故土一带乃契丹族人所建辽朝中心区域。尤其在北京大学上中国通史课，让我对千年前的契丹王朝不但有了初步认识，而且引发浓厚兴趣。自此，风云变幻，岁月流迁，工作之余，边缘之暇，研读辽代历史，已为癖好。但大半生迫于工役，身不由己，退休以后，个人所好，始得专心致志。1998 年，依读书所得，为辽代重要历史人物各写一篇小传和一首五律，计有太祖耶律阿保机、东丹王耶律倍、应天太后述律平、承天太后萧绰、道宗皇后萧观音、天祚帝文妃萧瑟瑟、末帝天祚和西辽耶律大石等。这些篇什，收存在出版的诗集《行吟又集》里。其中写萧观音的诗为：

绝世观音女，善诗知律音。忧国遭君怨，手书罹椒焚。
固然奸党恶，可堪道宗昏。千载庆陵月，寂寞照冤魂。

辽朝帝系姓耶律，后系姓萧，只许两姓之家间婚姻来往。萧家有女，美如观音，故得此名。萧观音美貌多才，善诗知音

律，14 岁被聘为王妃，16 岁册立皇后，与辽第八代皇帝耶律洪基恩爱，生有太子和两位公主。辽朝立国前，大位继承是世选制，后学中原王朝改为世袭制，两种制度，终辽一世，斗争不断。正是在这种争权夺位的激烈党争之下，奸佞陷害，皇帝昏庸性嫉，对观音由疏远冷落而狠命赐死，年仅 36 岁。萧观音罹此冤案，史所罕见；女中才子，其诗冠绝北国，玉陨香消，千古成悲。辽末酿出这个特大冤案，不止损失萧观音一人，还加重了统治集团的内耗，为这个草原帝国的灭亡敲响了丧钟。

我在为萧观音写下上述一诗后，用语体译出其存世诗作，发表于报刊，决计用叙事诗的体裁来写她及她的冤案。小时候学旧体诗，念初中开始接触新诗，也练习写一些。刚进高中有一首诗，被同班华侨同学寄往雅加达的《生活报》（邹韬奋创办）发表，又有几首在当地诗歌竞赛中获奖，更激起读诗写诗的热情。1957 年入读北京大学中文系，在校一年写了两首诗：一写校图书馆内罗曼诺索夫的大理石半身雕像《来自远方的太阳》，发表于校刊；一写在十三陵劳动的短诗《夜工》，登于谢冕主编的月刊《红楼》。此外，听季镇淮先生讲授中国文学名著选课，讲到屈原的《离骚》，他逐字逐句，鞭辟入里，很启发人。我读过郭沫若、文怀沙用语体译出的《离骚》。那个时候，我学习季先生所讲内容，加上自己理解，也把《离骚》译成了语体诗。在中国人民大学学习了三年，一首新诗也没写。高中和大学的七年，读了不少新诗和国外名著的译作。留下深刻印象的，诸如普希金的《欧根·奥涅金》《渔夫和金鱼的故事》《青铜骑士》《强盗弟兄》《巴奇萨拉的喷泉》《茨冈》，涅克拉索夫的《在俄罗斯谁能快乐而自由》，歌德的《浮士德》，但丁的《神曲》,拜伦的《唐璜》,荷马史诗《伊利亚特》和《奥德赛》，古印度两大史诗《摩诃婆罗多》和《罗摩衍那》等。后来还读了中国民族史诗《格萨尔王传》《玛纳斯》《江格尔》，以及当代闻捷的《复仇的火焰》和郭小川的《将军三部曲》等。含英咀华，抽丝剥茧，构思长诗。

诗的形式，很费一番琢磨。五四运动以后诞生的新诗，突破了旧体诗格律的束缚，但过于散文化。有人针对这种情况，提倡创造新的格律体。闻一多先生首倡，并且在 1925 年 4 月写了《死水》一诗，实践新格律体的主张。北京大学林庚先生也倡导新格律诗，写 11 字 1 行、每行 5 音步、4 行 1 节、隔行韵的示范作品，在《诗刊》发表。近年有些诗人写新格律诗，深圳有新格律诗学会。外国长篇叙事诗、史诗，也有的用格律体,但较为少见。但丁《神曲》的《地狱》《净界》《天堂》三部，诗句 3 行 1 段，连锁押韵，想必原文的格律是很严的。这给了我很大启发。本诗用 8 句 1 段、每句 9 字 4 音步（3 个 2 字尺、1 个 3 字尺）和隔句韵，比《死水》稍有变化，权作为大胆的尝试。

从题材内容、格律形式、篇章结构的酝酿成型，到草出 3000 多行的初稿，已经是 2015 年末。当时填调寄《霜天晓角》词，吐露历经十多寒暑孤心苦诣的况味。词为：

冰天万里，雪锁寒林碧。幽雁独飞何去？不知累，无歇息。
探寻千古秘，垒空无玉迹。哀曲痛歌寰宇，遍松漠，悲声起。

我把稿本寄给老同事、老同学、老朋友、诗评专家和历史学者，请教他们的看法和意见。近在邻省黑龙江的同班学友王家彬看了诗稿，很为欣喜，说我由写诗词到写新诗，创作转型了，鼓励我把作品写好。对写这么长的新格律诗，远在新疆的同窗学友邵强说这是“戴着脚镣跳舞”，意思是费力不讨好，告诫我成功的路还很难很长，要下大力气加工。他指出，辽道宗对萧观音，从专宠到赐死的变化过程，描述的比较弱，还不够清晰。意见中肯，击中要害。启发我在修改的时候，在这个方面不惜篇幅，注重细节交代，使情节发展顺理成章，以增强艺术感染力。更远的海南琼海好友王仪，我们在海口聚会时，他翻阅着稿本谈他的看法，鼓励我把长诗写好。在北京的同学们，提出一个重要问题：世人不熟悉辽朝和契丹人，只知道萧太后，她和萧观音是怎样的关系？这提醒我，长诗虽不是历史教科书，但是应该以正确的历史知识、准确的人物关系，来塑造历史人物形象。通过人反映时代面貌，在时代氛围中描写人。我参与的北大校友会读书组的朋友们，关心长诗的创作进程，纷纷索要打印稿本，为写作提供了不少有益的知识和材料。我所在单位几位老同事，一有聚会，便询问写作进展，争相抢要初稿底本，以先睹为快。如上诸事，有感于心，笔不尽书。

中国社会科学院文学研究所的杨匡汉，是中国现当代文学研究专家，仅诗学研究方面出版有《艾青传论》《诗学心裁》《缪斯的空间》《中国新诗学》《诗美的积淀与选择》《矫矫不群》等著作。他读了初稿，写下“随记”，提出看法和意见。2016年夏，他到长春出席第二届世界华文文学大会，同我详细地谈了初稿。他认为“总体上很好。袖里霓虹冲霁色，笔端风雨驾云涛。令人一睹诗界女杰的胸襟与才情”。他指出需要斟酌与改进之处：一是受限于九字体，故节律上在某些地方缺少跌宕与变化;二是“记事”部分，似概念语言多了些，诗性未及处理;三是“复沓”乃歌行一法，用得好、用得恰当，可增色也，惜末章用得过多，味道就不够了；四是“尾歌”要联系、紧扣萧观音，不宜延伸多余的笔力。他强调:“现在的基础已很不错了。望再做打磨、润色、加工，深信可以成一精品佳构，况且内容确实有独特性。”他对初稿充分肯定，多半是鼓励，但我很受鼓舞，埋头投入作品的“打磨、润色、加工”。用三年多时间，对初稿进行了大幅增删和修改，篇幅增至近5000行。全篇严格统一为九字体，逐字逐句推敲，使板滞句子在节律上有所变化。叙事力避概念而求形象具体，舍弃过多的“复沓”代以歌唱式的述说，等等。总的是着意于通过情节的深化、细化和行文的诗化，刻画人物的思想品貌和精神气质，努力塑造萧观音等的艺术形象。

吉林大学考古专业段一平教授，我多年的好朋友。前些年，他得知我从图书馆借阅《辽文汇》一书，将自己仅存的该书三四两卷赠予我，不啻雪中送炭。他还把在北京念中学时的校友、社科院辽史和契丹文字研究专家刘凤翥介绍给我，以便我求教。刘凤翥和我同于1957年考入北大，他是历史系。这位老学长，不但通读了初稿，而且就其中不少史实的不当之处做了订正，提出修改意见，还邮寄来他写的有关萧观音冤案和一些辽史的文章，成为我修改本诗准确描述辽代历史背景的可靠

参考资料。

千年前契丹人建立的草原帝国，记载于二十四史的《辽史》中。以前由于受以中原王朝为正统的历史观的影响，人们对辽代、对契丹族的研究不深，因此他们同中原文化不断交流、融合创造的北方游牧民族的草原文化被忽视，忽略了其在整个中华民族灿烂文化中的意义。对诗名冠绝当世的皇后萧观音，不但不够重视，有的论及时甚至贬低。这些年我欣喜地看到文化界、史学界，尤其北方地区的一些学者、作家和艺术家，对辽代的历史、文化的研究有了新的成果，提出一些令人赞赏的说法，产生一些文艺作品。从网络信息得知，赤峰京剧团曾上演京剧《萧观音》，当地作家曾写同名长篇小说出版。这些虽未曾得见，但很受鼓舞。还有的研究者对萧观音给予很高评价，认为从她的诗才、当时的诗名以及流传至今的诗歌作品看，作为中国古代杰出的女诗人，她当之无愧。她和世人熟知的蔡文姬、李清照，还有不太知晓的清代女才子陈端生，可以并列为中国古代四大女诗人。这种认识，大获我心。我在长诗结尾，深情赞赏，反复咏唱，歌颂四位古代女诗人。她们是诗空四颗亮星，是诗界四尊女神。

正如习近平同志所说：“生活、居住在中华大地上的各族群众，孕育发展了独特的民族文化，拥有丰富的文化遗产，这些宝贵的文化是各族群众智慧的结晶，既相互影响、交流、吸取、借鉴，又各自发出独特光辉。”习近平在文艺工作座谈会上的讲话中特别谈道：“从《格萨尔王传》《玛纳斯》到《江格尔》史诗，从五四时期新文化运动、新中国成立到改革开放的今天，产生了灿若星辰的文艺大师，留下了浩如烟海的文艺精品，不仅为中华民族提供了丰厚滋养，而且为世界文明贡献了华彩篇章。”千年前的辽代女诗人萧观音，堪比战国时期的楚国爱国诗人屈原，在中国文学史上放射出独特光辉。

诗旅跋涉，岁月漫漫；幽雁不孤，百鸟朝凤。当此长诗出版面世之际，杨匡汉在养病中不便执笔，口授题词传来，特置于书前，以飨读者。老学长刘凤翥，正在为有关辽史的重大工程编著忙碌，挤时间为本诗撰写序言。儿童文学作家、诗人文牧，我多年好友，他认真看了初稿，提出了不少好见解，帮助加工和修改。看过作品定稿，写下一段话惠赐：“好人物，好故事，又开新格律体之新风；吟唱式的叙述，卷动一代风云，难得的史诗佳品。”人物画家刘凤山，赤峰敖汉旗人，我的老乡，也是老同事，尽管出国画展的准备工作紧张忙碌，仍抽空为本诗画了一组插图，使长诗大为增光添彩。北京凤凰树文化艺术发展有限公司创始人、诗人杨罡，鼎力支持，将本诗推荐至九州出版社出版，并任特约编辑。图书编辑钟加利女士为出版做了很多工作。杨玉娥编辑也为此书的出版出了不少力。刘玉珍女士多年来对我研读辽代历史，为创作长诗游走采访和书籍出版，给予精神鼓励、生活照顾和全力支持，提供其所拍我在海南博鳌的旧照用于本书。向上面诸位，深致敬意和谢忱！

后记如此，正临五月端午，乃诗神萧观音979年诞辰。去年萧观音诞生978周年，曾填《浪淘沙慢》长调以为之祭。今录于后作纪念，词曰：

望边塞，云飞影邈，谷邃峰列。陵寝当初郁崛，林中配殿复叠。正屈死冤魂终洗雪，懿德振、泪雨民谒。历漫漫风烟地宫毁（历金、元、明、清、民国），经时寂湮灭。

幽咽，梦中出世悲切（五日生女，古人所忌）。叹少女王妃封皇后，貌美才艺烨。嗟作祟奸佞，谋害污蔑，玉崩惨烈。当恨他、无道昏君弦绝。

辽代诗词称豪杰。回心院、婉凄激切。过千载、依然歌奏阕。汨罗祭、屈子怀沙，此际念，同陈李蔡辉光耀（陈端生、李清照、蔡文姬）。

作者自识于 2019 年 6 月 7 日暨己亥年端午日